Diogenes Taschenbuch 21941

Georges Simenon

Der Rückfall

Roman

Deutsch von

Ursula Vogel

Diogenes

Titel der Originalausgabe:
›Une vie comme neuve‹

Umschlagfoto: Josef H. Neumann, Paris
›Entrée principale du Château de Versailles‹
C. J. Bucher Verlag, München
Mit freundlicher Genehmigung

Deutsche Erstausgabe

100/90/43/1
ISBN 3 257 21941 5

Erster Teil

1

Seit so langer Zeit war er auf eine Katastrophe gefaßt – und er wußte sogar, daß sie unweigerlich zu einem ganz bestimmten Zeitpunkt eintreten würde –, daß er keineswegs Entsetzen, ja nicht einmal Überraschung empfand. Das einzige, was ihn doch ein wenig befremdete, war die Tatsache, daß er sich ungemein verwickelte Begebenheiten ausgemalt hatte und ihm jetzt nur ein ganz gewöhnlicher Unfall zustieß, wie man ihn tagtäglich unter der Rubrik »Lokalnachrichten« in den Zeitungen zu lesen bekommt.

Es geschah an einem Freitag. Das war schicksalhaft. Während vieler Jahre war der Sonnabend sein Tag gewesen, doch dann hatten ihn alle möglichen, vor allem praktische Gründe dazu bewogen, sein Programm abzuändern.

Diese Umstellung ging ihm eigentlich gegen den Strich, denn ohne besonders abergläubisch zu sein, war ihm der Freitag, vor allem wenn er gar noch auf den dreizehnten fiel, nie ganz geheuer. Am Karfreitag aber übte er Enthaltsamkeit.

Auch der Monat März machte ihm zu schaffen, da die länger werdenden Tage seinen Zeitplan durcheinanderbrachten.

Der Tag begann wie alle anderen auch. Um halb

sieben pfiff der Zug unter seinen Fenstern, wenige Sekunden, bevor der Wecker rasselte.

Die Luft war so mild, daß man die Fenster öffnen konnte, was er sogleich tat.

Kaum jemand wußte, wo er wohnte, denn über sein Privatleben bewahrte er absolutes Stillschweigen. Nur sein Chef, Monsieur Mallard, kannte seine Adresse, die er auf den Formularen der Sozialversicherung und sonstigen Fragebögen, die es auszufüllen galt, hatte angeben müssen. Mallard hatte seine Verwunderung darüber geäußert, daß Dudon sich in der Rue du Saint-Gothard, in einer düsteren Gegend des 14. Arrondissements, eine Unterkunft gesucht hatte, die noch dazu weit von seinem Arbeitsplatz entfernt war.

Freilich hatte er verschwiegen, daß er seine Wohnung Ecke Rue Dareau und Rue du Saint-Gothard vor allem deshalb nicht aufgeben wollte, weil er wegen der Bahnlinie dort kein Gegenüber hatte. Hier konnte er jedenfalls bei geöffneten Fenstern Kaffee kochen, sein Bett machen, das Zimmer aufräumen, sich anziehen. Kurz vor dem Weggehen gab er den Goldfischen im Aquarium frisches Wasser und schüttete ein wenig Spezialnahrung nach, die er in kleinen Tüten am Quai de la Mégisserie kaufte.

Aus unerfindlichen Gründen setzte er immer erst seinen Hut auf, bevor er das Wasser im Aquarium auswechselte.

Ebensowenig hätte er sagen können, was ihn dazu trieb, kaum war er die ersten Treppenstufen hinabgestiegen, wieder umzukehren, um sich zu vergewissern, daß er die Wohnungstür abgeschlossen hatte. In neun von zehn Fällen hegte er nicht den geringsten Zweifel daran. Er war alles andere als ein schusseliger Mensch. Außerdem hielt er noch den Schlüsselbund in der Hand! Dennoch hätte es ihm den ganzen Tag keine Ruhe gelassen, wenn er, ohne nachzusehen, aus dem Haus gegangen wäre.

Die Rue Dareau führte direkt zur Metrostation Avenue d'Orléans, die er jedoch stets links liegen ließ, auch wenn es in Strömen regnete. Er wanderte vielmehr bis zum Bahnhof Denfert-Rochereau, wo er sich seine Zeitung kaufte und die U-Bahn bestieg.

Es war ein strahlender Morgen. Zum erstenmal in diesem Jahr hingen Frühlingsgerüche in der Luft, und am Eingang zur Metrostation wurden Blumen feilgehalten. Eine Frau, die neben ihm auf der Bank saß, hatte sich ein Sträußchen angesteckt, dessen Duft ihm in die Nase stieg.

Nie lächelte ihn jemand an. Auch er verzog keine Miene. Vermutlich gab es in der Untergrundbahn eine ganze Reihe von Leuten, die seit Jahren mehrmals wöchentlich mit ihm im selben Waggon saßen. Manche grüßten sich flüchtig, hie und da entspann sich sogar ein kurzes Gespräch. Aber nicht mit ihm. Kurz bevor der Zug in die Station Étienne-Marcel einfuhr, faltete er sorgsam seine Zeitung zusammen, ließ sie in seine Manteltasche gleiten und wandte sich zum Ausgang.

Er trat ins Sonnenlicht, das auf seiner Haut prickelte, wurde umfangen vom würzigen Geruch, der den ganz in der Nähe befindlichen Markthallen entströmte. Er durchschritt die Rue de Turbigo, wo sich die schweren Laster drängten und bereits die städtischen Sprengwagen unterwegs waren. Die Normaluhr an der Kreuzung zeigte genau zwei Minuten vor halb neun an, als er durch das Portal trat, an dem zu beiden Seiten etwa ein Dutzend Messingschilder prangten.

An jenem Freitag ereignete sich nichts Ungewöhnliches. Das war ohnehin nie der Fall. Félicien Mallards Büroräume befanden sich im zweiten Stock. Der altertümliche Aufzug fuhr sehr langsam und blieb mitunter zwischen zwei Stockwerken stehen, aber das kam nie vor, wenn Dudon sich darin befand.

Auf dem Treppenabsatz erwartete ihn Mademoiselle Tardivon. Auch die Eingangstür, zu der er allein den Schlüssel hatte, war mit einem Messingschild versehen. Mademoiselle Tardivon, eine Frau in mittleren Jahren, sah immer müde aus. Sie trug ausschließlich hauchdünne Blusen, unter denen man ihre Unterwäsche durchschimmern sah, und sie schwitzte sehr stark. Winters wie sommers hatte sie Schweißringe unter den Achseln. Stets umwehte sie ein starker Parfumgeruch.

Ihre Begrüßung fiel wie immer sehr knapp aus. Sie konnte ihn nicht leiden. Sogleich nahm sie ihren Hut ab, zog ihre Jacke aus, fuhr sich mit den Fingern durch das stumpfe, blonde Haar und machte sich daran, ihre gesamte Ausrüstung – Radiergummis, Bleistifte und anderes – rings um ihre Schreibmaschine zurechtzulegen.

Dudon schenkte ihr keine Beachtung, ebensowenig wie den anderen Angestellten, die während der nächsten Minuten in kurzen Abständen eintrafen. Er hatte sein Eckchen für sich. Eine Stellwand, die mit einem Schiebefenster versehen war, trennte ihn vom übrigen Personal ab.

Er zog sein Jackett aus, hängte es auf einen Kleiderbügel, schlüpfte in eine Jacke, dann öffnete er den Safe, schloß die Kasse auf und stellte die Register an ihren Platz.

Der Freitag unterschied sich in keiner Weise von den anderen Wochentagen, nur daß seine Gedanken während des ganzen Vormittags um eine einzige Frage kreisten, die in dem Maße, wie die Zeit vorrückte, immer dringlicher wurde: würde Monsieur Mallard Geld haben wollen?

Damit verhielt es sich ähnlich wie mit den drei Treppenstufen, die er allmorgendlich noch einmal erklomm. Er machte sich unnötig Sorgen! Wie oft hatte denn Félicien Mallard im Laufe von zehn Jahren freitags kein Geld gebraucht? Höchstens drei- oder viermal. In solchen Fällen hatte er sich auf andere Weise beholfen, was zwar ein wenig umständlicher, aber kaum riskanter war.

Mallards Büro befand sich auf der anderen Seite des Treppenabsatzes. In dem großen Raum mit den prunkvollen Mahagonimöbeln langweilte er sich, so daß er Dudon unter dem einen oder anderen Vorwand mehrmals täglich zu sich rief. Er hätte durch die Stadt flanieren, Pferderennen besuchen, aufs Land fahren oder sonst etwas unternehmen können, aber das getraute er sich nicht, denn dann hätte er sich der Pflichtverletzung bezichtigt. Wenn er das Büro verließ, teilte er seinen Angestellten mit:

»Ich fahre zum Quai de la Gare.«

Und er begab sich wirklich dorthin. In der Fabrik wurde er nicht benötigt. Ebenso entbehrlich war seine Frau im Restaurant an der Rue Rambuteau, das ihnen zwar noch gehörte, das der Pächter jedoch sehr wohl allein bewirtschaften konnte.

Auch für Mallard war der Freitag ein besonderer Tag. Er kleidete sich sorgfältiger als sonst und ging zum Friseur, bevor er ins Büro kam. Gegen halb zwölf pflegte er Dudon über das Haustelefon anzurufen:

»Hätten Sie die Freundlichkeit, mir ein wenig Geld auszuhändigen?«

Er hatte sich nicht daran gewöhnen können, seine Ausgaben in der Stadt per Scheck zu begleichen. Wenn er Taschengeld brauchte, wandte er sich an seinen Buchhalter, der ihm die Geldscheine brachte. Das war mehrmals in der Woche der Fall, aber am Freitag handelte es sich um eine größere Summe, da Mallard mit einigen Kommissionären der Markthallen in Villette zum Mittagessen verabredet war.

»Sechstausend, Monsieur Mallard?«

»Das ist viel zu viel.«

Auch mit den ständigen Geldentwertungen kam er nicht zu Rande, ebensowenig mit den großen Scheinen, die man für ein Essen mit Geschäftsfreunden benötigte. Es war ihm beinahe peinlich, sie in seine Brieftasche zu stecken, als handele es sich nicht um sein eigenes Geld.

Das übrige war ganz einfach. Wenn Mallard sechstausend Francs verlangt hatte, schrieb Dudon sieben- oder gar achttausend in sein Kontobuch. Niemand kontrollierte seine Buchhaltung, außer beim Rechnungsabschluß am Jahresende, und Monsieur Mallard, der überhaupt nichts von Zahlen verstand, erinnerte sich auch nicht an die Höhe der Summen, die er der Kasse entnommen hatte.

Wenn er sich freitags kein Geld holte, weil das Mittagessen in Villette ausfiel, ging Dudon anders vor. Dabei kam ihm zustatten, daß er den Handlungsreisenden der Firma fast jeden Tag kleinere Beträge für ihre Spesen oder als Vorschuß auf ihr Gehalt auszahlte.

Er brauchte nur eine Karteikarte mit dem Namen eines der Vertreter anzulegen. Jedesmal hatte er Julian ausgewählt, der die Normandie bereiste und manchmal wochenlang nicht im Büro erschien.

»Vorschuß an Julian: 2000.«

Es genügte, einen oder zwei Tage zu warten, bis Monsieur Mallard wieder Taschengeld verlangte, den Betrag im Kontobuch entsprechend zu erhöhen, die zweitausend Francs zurück in die Kasse zu legen und die Karteikarte zu vernichten.

Jedesmal bemächtigte sich Dudons dieselbe Empfindung. An allen Freitagen verspürte er ein seltsames Gemisch von Beklommenheit und Lust, die so sehr ineinander verwoben waren, daß er nicht zu sagen gewußt hätte, ob er den Freitag herbeisehnte oder ihn fürchtete. An diesem Tag sah er Mademoiselle Tardivon und die übrigen Angestellten mit anderen Augen an, wenn sie im großen Büro umhergingen und dabei so taten, als würden sie ihn nicht beachten, sich aber stets zuzwinkerten, wenn er in ihre Nähe kam.

Früher oder später würde die Katastrophe über ihn hereinbrechen. Das war unausweichlich. Daß Monsieur Mallard etwas herausfinden würde, gab nicht unbedingt den Ausschlag. Was er bei Mallard trieb, seine Betrügereien, deren er sich jeden Freitag schuldig machte, war nur eine Folge von allem übrigen, ein geringfügiges Detail. Er hatte sich eine sehr komplexe Theorie zu diesem Thema zurechtgelegt, an der er schon seit Jahren feilte, eigentlich schon seit der Zeit, als er noch bei seiner Mutter in Saintes lebte.

Ihm war nicht das geringste anzumerken. Er gab sich so wie immer, nämlich als ein Mensch, der den anderen Unbehagen, ja sogar ein wenig Angst einflößte – das galt sogar für Monsieur Mallard –, weil er unter ihnen weilte, ohne je mit ihnen in Kontakt zu treten.

Auch das war nicht so leicht zu durchschauen, doch vielleicht würde es ihm eines Tages gelingen, mit sich selber ins reine zu kommen.

Wie auch immer, eine Katastrophe konnten diese Leute jedenfalls nicht auslösen. Das war dem Schicksal oder Dudon selber vorbehalten. Mitunter hatte er schon erwogen, die Sache zu beschleunigen, dem Geschick ein wenig nachzuhelfen, aber wirklich ernst war es ihm damit nie gewesen, er hatte nur mit dem Gedanken gespielt.

In ihm hatte sich die Überzeugung festgesetzt, daß ihn die Katastrophe irgendwo zwischen der Rue Choron in Montmartre und einer der beiden Kirchen, Notre-Dame-de-Lorette oder der Dreifaltigkeitskirche, ereilen würde.

Er hatte eine besondere Topographie von Paris entwickelt, die nur für ihn einen Sinn ergab. Einer der Angelpunkte in dieser Topographie war die Rue Choron, eine kurze, stille Straße, in deren einzigem Laden Zeitungen und Groschenromane verkauft wurden.

Nachdem er um sechs Uhr das Büro hinter sich abgeschlossen hatte, konnte er sich allerdings nicht unverzüglich dorthin begeben, weil es ja doch schon März war und die Tage länger wurden. Zwischen den Kaminen auf den Häuserdächern blinkte noch die Sonne, und in den Straßen herrschte ein ebenso reger Verkehr wie um die Mittagszeit.

Jedes Jahr ärgerte er sich über die Verzögerung, doch wenn der Frühling ins Land gezogen war und es Sommer wurde, hatte er sich einigermaßen daran gewöhnt. Wirklich zu genießen aber vermochte er den Freitag nur im Winter, wenn die Straßen kalt und düster waren, wenn er im Sprühregen oder im Nebel dahinschritt, wenn nasser Schnee an den Straßenlaternen haften blieb, die ein trübes, geheimnisvolles Licht verbreiteten.

Um die Zeit totzuschlagen, legte er den ganzen Weg zu Fuß zurück. Wegen seiner empfindlichen Mandeln rauchte er nicht. Auch Alkohol mied er, denn schon nach einem Gläschen Wein bekam er Magenschmerzen. Wenn er in ein Café trat, um ein wenig zu verschnaufen, bestellte er ausnahmslos ein Viertel Selterswasser. Nie kam es vor, das jemand das Wort an ihn richtete, während die Gäste an den Nebentischen oft in ein Gespräch verwickelt wurden.

Wie hätte er jemandem begreiflich machen sollen, daß bis zu dem Moment, da er von der belebten Rue des Martyrs in die Rue Choron einbog, sein Entschluß noch nicht feststand? Jedenfalls konnte er immer noch zurück. Wie jeden Freitag hatte er Geld aus der Kasse entwendet. Die Scheine steckten klein zusammengefaltet in einer eigens dafür aufgesparten Tasche seines Anzugs. Zwar hatte er nicht die Richtung zur Metrostation eingeschlagen, wo die U-Bahn ins 14. Arrondissement abging, aber das hinderte ihn doch nicht daran, es sich im letzten Augenblick doch noch anders zu überlegen!

Dieser Fall war allerdings noch nie eingetreten.

An jenem Freitag setzte er sich auf die Terrasse eines der Boulevardcafés ganz in der Nähe von Montmartre, um die Dämmerung abzuwarten, die sich heute besonders viel Zeit ließ. Zwei Frauen sahen mit ermunternden Blicken zu ihm herüber. Eine von ihnen kannte er vom Sehen. Beide Male wandte er die Augen ab.

Es war zehn nach sieben, schon beinahe Nacht. Wie immer hob er den Kopf, richtete seinen Blick auf die linke Häuserzeile der Rue Choron und gewahrte den rosaroten Lichtschein im dritten Stock.

In diesem Haus gab es keinen Aufzug. Wie gewöhnlich bewegte sich der Vorhang hinter der verglasten Tür der Pförtnerloge.

Natürlich wußte die Concierge, zu wem er wollte. Sie hatte ihm nie eine Frage gestellt. Schließlich war er ja nicht der einzige. Was mochte sie wohl ihrem Sohn erzählen, einem etwa zehnjährigen Jungen, den er manchmal gesehen hatte, wie er im Lampenschein über seinen Schulaufgaben saß?

Anderswo gab sein Herz ihm nie Anlaß zur Besorgnis. Es war immer in Ordnung gewesen. Hier aber, wenn er die Treppe zum dritten Stock erklomm, verspürte er einen stechenden Schmerz in der Brust, als würde darin unaufhörlich ein Schwamm ausgedrückt. Könnte ihn in diesem Treppenhaus nicht ein Herzanfall ereilen?

Das war eine der möglichen Formen der Katastrophe, im übrigen eine von den harmloseren, da sie ja *vorher* eingetreten wäre. Doch gab es auch vertracktere Spielarten.

Die wirklich bedenklichen Formen der Katastrophe lauerten auf dem Weg von der Rue Choron zur Kirche Notre-Dame-de-Lorette. Wer weiß, ob er nicht doch dem Schicksal heimlich einen Wink geben wollte, wenn er mitunter ohne Not, ohne ernsthaften Grund bis zur Dreifaltigkeitskirche wanderte und so den Zeitraum, in dem es zuschlagen konnte, um eine Viertelstunde verlängerte?

Am Treppenabsatz des dritten Stockes gab es zwei Türen, eine rechts und eine links. In seinen Augen hatte dieser Wohnungsvorplatz, der allen anderen gleichen mochte, ein ebenso unverwechselbares Gepräge wie zum Beispiel der Beichtstuhl des Abbé Lecas. Merkwürdigerweise bestanden die Türen wie auch das Treppengeländer aus demselben goldbraunen, blankgebohnerten Holz wie der Beichtstuhl. Trübes Licht herrschte hier, genau wie in einer Kirche, und auch eine ganz ähnliche Stille.

Er wußte, daß beide Türen in die Wohnung führten, die linke aber immer verschlossen blieb. Er hatte sie schon oft von innen gesehen.

Neben der rechten Tür befand sich ein beinerner Klingelknopf, der ihn jedesmal an ein Auge gemahnte.

Allmählich beruhigte sich sein Herz. Er blieb aber noch eine Weile reglos stehen, um sicherzugehen, daß niemand heraufkam, daß in den oberen Stockwerken keine Tür geöffnet wurde. Obwohl er sich nicht von der Stelle rührte, knarrten mitunter die Bohlen unter seinen Füßen, dann begann sein Puls wieder zu hämmern. Ihn überfiel ein solches Angstgefühl, daß er sich unvermittelt einen Ruck gab, seine Hand vorschnellen ließ und auf den Klingelknopf drückte.

Er vernahm ein entferntes, leises Bimmeln, das durch schwere Wandbehänge gedämpft wurde. Die ganze Wohnung war ja mit Teppichen ausgelegt, mit Draperien ausgeschlagen, was ihr einen so intimen Charakter verlieh.

Niemals hörte er Madame Germaines Schritte, doch nach einer recht langen Wartezeit vernahm er das leise Ächzen eines Riegels, der zurückgeschoben wurde. Die Tür bewegte sich, auf der rechten Seite zeichnete sich ein schwacher Lichtschein ab, ein Augenpaar ruhte auf ihm.

Im Treppenhaus blickte er nicht auf die Uhr, denn wenn er mit hochrotem Kopf und Ohrensausen hinunterstürmte, hatte er nichts anderes im Sinn, als möglichst rasch das Haus zu verlassen. Er rannte bis zur Ecke der Rue des Martyrs, als ob er, sobald er im Licht und in der Menschenmenge untergetaucht wäre, jeder Gefahr entronnen sei.

Der Zeitungskiosk war nur schwach erleuchtet. Die Uhr über dem Café an der Straßenecke zeigte ein Viertel nach acht an. Zwischen den Häuserdächern blinkten die Sterne.

Jetzt waren nur noch etwa hundert Meter zurückzulegen, und einem fest eingefahrenen Ritus folgend, überquerte er die Straße.

Als er sich schon mitten auf der Fahrbahn befand, das einzige lebendige Wesen weit und breit, spürte er mit einem Male die Gefahr, wandte den Kopf nach rechts, und da sah er die beiden starken Scheinwerfer, die geradewegs auf ihn zurasten. Sie kamen ihm vor wie zwei riesige Augen, die es auf ihn abgesehen hatten. Er machte keinen Versuch, ihnen zu entkommen, begann nicht zu rennen, um seine Haut zu retten.

Er riß die Augen auf. Dann spürte er den Aufprall am ganzen Körper, sein Kopf zersprang.

Er schrie nicht. Jedenfalls hörte er sich nicht schreien oder stöhnen. Gar nichts drang in sein Bewußtsein, außer daß er auf der Erde lag und die Sterne über seinem Kopf blitzten.

Es war geschehen.

Vielleicht war er schon tot oder würde sterben.

Er hatte keine Schmerzen, er spürte seinen Körper überhaupt nicht. Er machte keinen Versuch, sich zu bewegen. Er wußte genau, daß es keinen Sinn hatte.

Das alles ging ihn nichts an. Es war vorbei. Er hatte keine Verantwortung mehr.

Menschen tauchten in seinem Gesichtsfeld auf, begannen zu gestikulieren, aber er gehörte nicht mehr ihrer Welt an. Er war sich nicht bewußt, daß er gespannt alle ihre Bewegungen verfolgte und vermerkte.

Er war von ihnen abhängig, vielleicht in noch höherem Maße als ein Neugeborenes. Als der Wagen zum Stehen kam, kreischten die Bremsen, quietschten die Reifen, und er hatte den Eindruck, daß er auf den Bürgersteig gefahren war. Männer und Frauen rannten umher, fuchtelten in der Luft herum, sprachen mit gedämpfter Stimme. Zum erstenmal sah er menschliche Wesen aus diesem Blickwinkel, nämlich von unten. Sie hatten lange Beine, die ihm wie Säulen vorkamen, und ihre Gesichter wirkten verzerrt.

Da er auf der Erde lag, fürchtete er nur eines: daß sie auf ihn treten würden. Seine Gedanken kreisten unablässig um all diese Füße, die ihn streiften.

Zweifellos war er noch nicht ganz tot. Warum aber wollte er sich nicht bewegen, sich irgendwie bemerkbar machen?

Das Schicksal hatte ihm nicht einmal die Zeit zugestanden, um zur Beichte zu gehen, wie er es jeden Freitag tat, wenn er von der Rue Choron kam. Er war mit Sünden beladen. Wie Schleim hafteten seine Sünden an ihm.

Aber er nahm es gelassen hin, denn er hatte ja schon immer gewußt, daß es so kommen würde.

»Fassen Sie ihn lieber nicht an, es könnte ja sein, daß das Rückgrat gebrochen ist.«

»Wohnt ein Arzt hier in der Nähe?«

»Moment! Da ist ein Polizist. Der muß es wissen.«

All das war sinn- und bedeutungslos. Die Leute gingen in die Hocke, um ihn aus der Nähe betrachten zu können, und der Polizist leuchtete ihm mit der Taschenlampe ins Gesicht. Mindestens zwei Personen – eine davon war eine Frau – faßten nach seinem Handgelenk, um sich zu vergewissern, daß der Puls noch schlug.

»Tot ist er nicht!«

Die Straßenlaterne stand in einiger Entfernung. Die Lichtkegel der noch brennenden Scheinwerfer des Wagens fielen auf die Fassade gegenüber, die in dieser Beleuchtung so unwirklich aussah wie ein gemaltes Bühnendekor.

Da war auch ein hochgewachsener Mensch mit einem schmalen Schnurrbart, der die anderen zu dominieren schien. Er reichte dem Polizisten eine Visitenkarte und sagte in befehlsgewohntem Ton:

»Verständigen Sie sofort einen Arzt! Fordern Sie einen Krankenwagen an!«

»Ich rufe die Ambulanz!«

Was ihm nicht in den Sinn gekommen war, als er sich alle möglichen Varianten der Katastrophe ausgemalt hatte, war der Umstand, daß er auf dem Boden liegen würde. Das änderte alles.

»Soll ich nicht ein Kopfkissen holen, um es ihm unterzulegen?« fragte eine Frau, die sehr wohl die Zeitungsverkäuferin sein konnte.

Dann wies sie auf die Pflastersteine und flüsterte:

»Ist das Blut?«

»Nichts anrühren, bevor der Arzt kommt!«

»Glauben Sie, daß er uns hört?«

Wäre er denn überhaupt in der Lage, ihnen begreiflich zu machen, daß er sie sehr wohl hörte? Vermochte er denn zu sprechen? Wahrscheinlich schon. Er wußte es selber nicht. Es war ihm auch gleichgültig. Ihn beängstigte nur die Vorstellung, daß es zu einem Gedränge kommen und jemand ihm auf die Hände treten würde.

Von Blut war die Rede gewesen. Blutete er wirklich? Vielleicht war er schon tot, wenn der Arzt eintraf.

»Wir sollten ihn zur Apotheke in der Rue des Martyrs bringen. Es ist ganz in der Nähe, und dort haben sie Erfahrung mit Verunglückten.«

»Wie hat sich der Unfall eigentlich zugetragen?«

Ihn dünkte, daß die Antwort von dem hochgewachsenen, gutgekleideten Mann kam, der dem Polizisten schon Befehle gegeben hatte und dem sicher das Auto gehörte.

»Ich fuhr recht langsam. Ich kann mir die Sache gar nicht erklären. Ich war eben von der Rue Rodier abgebogen und hielt mich weiterhin auf der rechten Spur, als plötzlich ein Mensch auf die Fahrbahn rannte. Ich habe sofort gebremst, aber es war schon zu spät.«

Er verschwendete keinen Gedanken daran, daß das nicht stimmte, daß er nicht plötzlich auf die Fahrbahn gestürzt war, daß er sich schon in deren Mitte befand, als es zu dem Aufprall kam, und daß die Scheinwerfer ihn gleichsam verfolgt hatten, wie wenn sie es auf ihn abgesehen hätten.

»Sie sollten ein wenig zurücktreten, damit er frische Luft bekommt.«

Ein kleiner, geschäftiger Mann, dessen Hände wie die von Friseuren nach Tabak rochen, kniete neben ihm nieder und tastete ihn mit professionellen Handgriffen ab. Er stellte ihm keine Fragen, richtete überhaupt das Wort nicht an ihn. Dudon hatte mit ihm nichts zu schaffen.

Hätte er ein klein wenig den Kopf drehen können, so hätte er gleich unterhalb der blitzenden Sterne den rosaroten Lichtschein hinter den Fenstern im dritten Stockwerk sehen können. Ob sie wohl auch offenstanden? Schon möglich, denn zahlreiche Fenster waren aufgestoßen worden, und Neugierige beugten sich über die Brüstung.

Seit dem Eintreffen des Arztes wurde nur noch mit gedämpfter Stimme gesprochen. Die Leute standen ein wenig abseits in Grüppchen beieinander und unterhielten sich im Flüsterton. Der Besitzer des Autos war auf den Bürgersteig getreten und redete leise auf einen zweiten Polizisten ein.

Hatte die Concierge ihre Pförtnerloge verlassen? Wenn sie nähertrat, würde sie ihn erkennen und ihnen vielleicht sagen, wo er kurz vor seinem Unfall gewesen war.

Das ließ ihn jetzt gleichgültig. Jemand hatte seine Brieftasche an sich genommen. Auch die Krawatte hatte man aufgeknüpft und den Hosenbund geöffnet.

Hoffentlich entkleidete man ihn nicht vor aller Augen! Ob man dann wohl sehen könnte, was er eben getrieben hatte? Nein, das war töricht.

Jemand – wohl der Doktor – mußte ihn an einer empfindlichen Stelle berührt haben, denn ein rasender Schmerz zuckte wie ein Blitzstrahl durch seinen Kopf. Er vermeinte einen Schrei zu hören. Hatte er ihn ausgestoßen? Die Sterne zwischen den Dächern, die Beine rings umher, die Gesichter, die aus weiter Ferne, aus schwindelerregender Höhe zu ihm hinabgeblickt hatten, waren nicht mehr zu sehen. Alles geriet ins Schwanken, versank auf einen Schlag ins Nichts, und trotzdem erfaßte er ein wenig später sehr wohl, daß man ihn auf eine Bahre legte.

Wirklich schlimm wurde es erst, als der Rettungswagen losfuhr. Das Rütteln nahm er überhaupt nicht wahr. Was mit ihm geschah, war etwas ganz anderes. Er hatte das Gefühl, ein unwiderstehlicher Sog reiße ihn nach vorn, oder vielmehr, ein Teil seiner Organe, insbesondere sein Gehirn, würde wie von einem Magneten angezogen und prallte schmerzhaft gegen ein Hindernis.

Seine Augen waren geschlossen. Jemand hielt ihn am Handgelenk fest. Der Krankenwagen mußte wohl durch das Stadtzentrum, denn ein beispielloses Gewirr von Geräuschen brandete gegen seinen Kopf.

»Lieber Gott, vergib mir meine Schuld!«

Diese Formel hatte ihn sein ganzes Leben begleitet. Schon in seinem Kinderbettchen, wenn seine Mutter sich noch nicht schlafen gelegt hatte und er unter der Tür einen orangefarbenen Lichtschein sah, hatte er gestammelt:

»Vergib mir meine Schuld.«

Doch jetzt sagte er sich die Formel ohne Inbrunst, geradezu mechanisch vor. Noch nie hatte er so kühl und nüchtern denken können. Weil es zu spät war. Aus. Die Katastrophe hatte ihn ereilt. Zwar war er noch nicht tot, doch am liebsten wäre er sofort gestorben, nur damit er diesem Sog entkam, der ihm das Gehirn aus dem Schädel preßte.

Wenn Monsieur Mallard morgen früh ins Büro kam...

Merkwürdig, er konnte sich die Gesichtszüge seines Chefs nicht mehr vergegenwärtigen, sie vermischten sich mit denen des Mannes, der ihn angefahren hatte.

»Bist du sicher, daß wir links abbiegen müssen?«

»Ja, es ist die dritte Abzweigung links, die Rue de la

Pompe. Ich war schon einmal dort. Die Einfahrt ist ein Portal mit zwei schmiedeeisernen Lampen.«

Er harrte nur noch auf den Moment, da endlich der Wagen stillstehen und ihm eine kleine Atempause gegönnt würde. Plötzlich knirschte es unter den Reifen, das Motorengeräusch ging in eine andere Tonlage über. Er mußte noch einmal geschrien haben, denn als der Krankenwagen in einem Hof anhielt, war der Schmerz, anstatt abzuklingen, wie er gehofft hatte, unvermittelt auf die andere Seite geschwappt, so wie Flüssigkeit bald gegen die eine, bald gegen die andere Wand eines Gefäßes klatscht.

Er dachte an sein Aquarium mit den Goldfischen.

Man trug ihn fort. Ein Gehäuse, wahrscheinlich ein Aufzug, schwebte mit ihm nach oben. Mit einem Male waren vier, sechs oder zehn Menschen um ihn herum. Gleißendes Licht, fürchterlich wie Paukenschläge, schoß ihm entgegen. Männer und Frauen, alle in Weiß, machten sich an ihm zu schaffen, sprachen dabei unverständliche Wörter, als seien sie Meßdiener am Altar.

Man stellte ihm auch jetzt keine Fragen. Er wurde einfach übergangen, wie in einem Alptraum. Vielleicht war das Ganze wirklich nur ein schwerer Traum, und gleich würde der unter seinen offenen Fenstern vorüberbrausende Zug ihn wecken!

Hände betasteten seinen Körper, und ihm wurde bewußt, daß man ihm die Hose und seine Leibwäsche auszog. Er wollte protestieren. Er hatte entsetzliche Angst davor, nackt vor ihnen zu liegen.

Das riesengroße Gesicht eines rothaarigen Mannes lächelte ihn an. Oh, er vermochte sehr wohl den Sarkasmus darin zu lesen! Er hatte ihn erwartet, und nichts war ihm verborgen!

»Lieber Gott, vergib mir meine Schuld!«

Das war völlig unsinnig. Er vermochte ebensowenig zu sprechen wie die beiden Goldfische in ihrem Aquarium. Ob sich seine Lippen bewegten? Nicht einmal das war sicher.

Sie gaben sich Zeichen. Diese zielbewußten, geschäftigen, von sich überzeugten Menschen führten etwas im Schilde.

Er war nackt, und das Licht, alles Licht der Welt drang in seinen Kopf ein, wo es mit den Wogen der Finsternis zusammenprallte. Es war der Kampf zwischen gewaltigen, feindlichen Strömen, und es tat so weh, so weh...

Er sah die Spritze in den Händen einer Krankenschwester, die ihn starr anblickte und dabei den Kolben nach oben drückte, um die Luftbläschen herauszulassen. Er wollte sich wehren, protestieren, weglaufen, denn die Spritze war ungeheuer groß, und die Nadel am Ende schien ihm so lang und so dick wie ein Bleistift.

Das Gesicht des rothaarigen Mannes, das das seine beinahe berührte, verzog sich zu einem raubtierhaften Lächeln.

Das war das letzte, was er sah. Man drehte ihn um. Wieder geriet alles ins Schwanken. Die Welt ging aus den Fugen, gleichzeitig bohrte sich die dicke Nadel in seine Wirbelsäule, in der es krachte.

Und wie sie krachte! Sein ganzer Körper krachte! Jetzt hatte er die Gewißheit, daß es zu Ende ging. Er war tot. Nachdem er seine anfängliche Benommenheit überwunden hatte, tastete er sich zum Nichts vor, nackt und besudelt wie er war, behaftet mit dem Geruch seiner Sünde, der nicht von ihm weichen wollte.

Irgendwo in weiter Ferne vernahm er Stimmen, gegeneinanderstoßende Gegenstände, die außergewöhnlich helle, klare Töne verursachten, aber nunmehr gehörten sie wirklich einer anderen Welt an, die nichts mehr mit ihm gemein hatte.

Ein untrügliches Zeichen dafür war, daß er keine Schmerzen mehr hatte, gewichtslos und gleichsam körperlos im Raum schwebte.

Sie schalteten und walteten nach ihrem Gutdünken. Die untere Gesichtshälfte des Rothaarigen war von einer Maske verdeckt, er trug schwere rote Stiefel, seine gespreizten Finger steckten in roten Gummihandschuhen. Die anderen waren unablässig in Bewegung, reichten ihm seltsame glitzernde Instrumente hin.

Da lag er nun im gleißenden Licht, eingehüllt in weiße Tücher, nichts weiter als eine menschliche Form, ein Kopf, ein Herz, Arme und Beine, die am Leben zu erhalten sie Himmel und Hölle in Bewegung setzten.

2

Bei seiner ersten Berührung mit der Oberwelt durchströmte ihn ein namenloses Glücksgefühl. Form- und körperlos schwebte er im Dunkeln. Vielleicht war er noch Maurice Dudon, aber ein Maurice Dudon, von dem die Jahre und die Vergangenheit abgefallen waren. Als er spürte, wie er in die oberen Regionen aufstieg, regten sich alle seine Lebensgeister, ja er fühlte sich geradezu zu Schelmereien aufgelegt.

Drüben schimmerte sanftes, goldenes Licht. Aus jener lauen, wohltuend stillen Welt drang eine sanfte Frauenstimme zu ihm. Es mußte eine Täuschung sein, aber ihm schien doch, als streife ihn der Geruch von warmem Gebäck, denn es duftete wie einst bei einer seiner Tanten.

Er hielt die Augen geschlossen. Er konnte sie jederzeit öffnen, doch zögerte er den Moment noch hinaus. Es war eine kindliche Regung, aber er wollte die Überraschung auskosten, freilich mochte dabei auch die heimliche Angst im Spiel sein, eine Enttäuschung zu erleben.

Wie ein Kind, das die Tür nur einen Spaltbreit öffnet, einen schnellen Blick riskiert, immer auf dem Sprung, das Weite zu suchen, blinzelte er erst ein wenig. Doch was ihm in die Augen fiel, beglückte ihn.

Die beiden Fenster ihm gegenüber waren mit gelblackierten Jalousien versehen, durch die feine Lichtstreifen in den Raum drangen. Immer schon hatte er von solchen Jalousien geträumt. Er wußte nicht mehr, wo er schon welche gesehen hatte, wahrscheinlich in amerikanischen Filmen, wo das Linienmuster von Licht und Schatten die Wände, Möbel und Menschen zu eigentümlichem Leben erweckt. Ob wohl die Strahlen auch auf dem Kopfkissen und seinem Gesicht flimmerten?

Mindestens zwei Personen befanden sich im Raum, da er ja Stimmengemurmel vernommen hatte. Ohne den Kopf zu bewegen, ohne die Augen aufzuschlagen, fand er schnell heraus, wer da auf dem weißen Stuhl saß. Beinahe hätte er gelächelt.

Es war kein anderer als Félicien Mallard mit seinem langen kantigen Bauernschädel und dem müde herabhängenden Schnurrbart. Sicher saß er schon lange so da, den Hut auf dem Schoß, und wagte nicht, seine Pfeife anzuzünden. Er fühlte sich befangen, wußte nicht so recht, wie er sich verhalten sollte. Seine Hände, sein Körper waren ihm im Weg, selbst seine Augen hielt er ängstlich gesenkt.

Ehemals war er sein Chef gewesen. Er spielte eine wichtige Rolle in seinem Leben, er und Madame Mallard, die Mallard-Pasteten, das Restaurant Mallard und schließlich noch Françoise, Mallards Tochter, die schon seit zwei Jahren in einem Gipsverband steckte und dieselben Augen hatte wie ihr Vater. Kopfhänger und Schwarzseher waren sie alle drei. Überhaupt hatte ihn das Schicksal stets mit Menschen zusammengeführt, denen es an Lebensfreude gebrach, und als er Félicien steif, in einer Pose wie auf einem Familienfoto auf seinem Stühlchen sitzen sah, wurde ihm mit einem Male bewußt, daß er nunmehr von alledem erlöst war.

Er dachte nicht an die Tausendfrancscheine, auch nicht an seine gefälschte Buchhaltung und schon gar nicht an die Sünde. Frischgewaschen lag er jetzt in einem sauberen Bett mit blütenweißen Laken. Weißgetüncht war das Zimmer, das die feinen Sonnenstrahlen in ein golden schimmerndes Licht tauchten. Er sagte sich, daß es im Augenblick keinen triftigen Grund gab, um aufzuwachen, daß er nur die Lider wieder ganz zu schließen brauchte, um von neuem in seine Zwischenwelt einzutauchen.

Doch hier kam er damit nicht durch. Auch seine Mutter war ihm nie auf den Leim gegangen, wenn er sich morgens noch schlafend stellte, um weiterdösen zu können. Ohne zu ihm hinüberzusehen, pflegte sie dann zu sagen:

»Ich weiß genau, daß du nicht schläfst. Steh auf! In deinem Alter lungert man nicht im Bett herum.«

Aber nicht seine Mutter war hier, sondern eine viel jüngere, ziemlich füllige und doch leichtfüßige Frau. Sie trug ein gestärktes Häubchen und beugte sich lächelnd über ihn.

Er getraute sich nicht, noch länger zu schwindeln. Er betrachtete sie ohne jede Verwunderung und ohne Angst. Monsieur Mallard hatte sich seufzend erhoben. Wahrscheinlich hatte sie ihm ein Zeichen gemacht, denn er trat auf Zehenspitzen ans Bett, wobei er sich alle Mühe gab, ein den Umständen angemessenes Gesicht aufzusetzen.

Er war hochgewachsen, genau wie der Besitzer des Autos, allerdings hagerer und sehniger. Beide trugen sie einen Schnurrbart. Sein Vater hatte auch einen gehabt. Wie seltsam: zum erstenmal fiel ihm auf, daß der Schnurrbart seines Vaters dem von Félicien Mallard glich, nur daß jener blond gewesen war.

»Keine heftige Bewegung«, murmelte die Krankenschwester.

Ihre warme Altstimme tat ihm wohl.

»Sie brauchen noch Ruhe. Monsieur Mallard schaut schon zum drittenmal nach Ihnen.«

Dieser sagte mit gekünstelter Munterkeit:

»Jetzt sind Sie wirklich über den Berg, Monsieur Maurice. Aber Sie haben uns einen ganz schönen Schrecken eingejagt. Nun ist alles in Ordnung. Heute morgen hat sich Doktor Jourdan sehr positiv über Ihren Zustand geäußert. In ein paar Tagen sind Sie wieder auf dem Damm.«

Wie er so in seiner ganzen Länge neben seinem Bett stand, wirkte er noch unbeholfener und lächerlicher als vorhin auf seinem Stühlchen.

»Man hat mir eingeschärft, Sie nicht zu ermüden. Aber seien Sie versichert, daß meine Frau und ich, das gesamte Personal...«

Dudon machte doch keinerlei Anstrengung! Er war völlig entspannt. Er fand es sogar erheiternd, der Stimme aus seiner Vergangenheit zu lauschen. Was aber dann über ihn herfiel, war noch ärger als der Aufprall in der Rue Choron. Er hatte der weißen Gestalt der Schwester nachgeblickt, die zum Tisch gegangen war, um braune Flüssigkeit in ein Wasserglas zu träufeln, und dabei wohl unbewußt eine Bewegung gemacht. Im selben Moment stieß ganz plötzlich ein scharfer Spieß zu, als hätte dieser nur auf einen unbewachten Augenblick gelauert, und bohrte sich in seinen Schädel, wo sogleich der gespenstische Tumult der Schmerzen losbrach.

Er verlor nicht sofort das Bewußtsein, er bekam noch mit, daß Monsieur Mallard aus dem Raum geschoben wurde, die Schwester in den Flur stürzte, eine Alarmglocke betätigte, deren schriller Ton ihn an einen Feuermelder erinnerte. Er hörte schnelle Schritte, aber die Worte, die um ihn herum gesprochen wurden, ergaben für ihn schon keinen Sinn mehr.

Dann bekam er Fieber. Er wußte es, denn er fühlte sich ganz ähnlich wie in seiner Kinderzeit, als er beinahe an der spanischen Grippe gestorben wäre. Ihm war entsetzlich heiß. Sein Leib, sein Bett schienen in Flammen zu stehen. Selbst bei geschlossenen Augen drangen die Lichtstreifen in seinen Kopf ein, um ihn zu quälen. Dann wieder brannte in einem Winkel des Raumes eine Tischlampe mit einem gelben Schirm. Die Krankenschwester ahnte wohl seine Schmerzen, denn sie hatte ihn mit Packpapier umhüllt.

Immer gab es irgendwo Licht, und er war sich dessen in jedem Augenblick bewußt. Aber über ihm wachte eine Frau in Weiß, füllig und doch leichtfüßig, die ihn nicht sterben lassen würde. Zu bestimmten Stunden traten Männer herein, vielleicht auch der Rothaarige vom ersten Tag, die geheimnisvolle Dinge mit ihm anstellten.

All das beunruhigte ihn nicht, ganz im Gegenteil. Er

hatte damit nichts zu schaffen. Sie trugen nun die ganze Verantwortung, und er vertraute ihnen so sehr, daß er an ihren Bemühungen keinen Anteil nahm.

Allerdings gab es jenseits des milden Lichtes eine Welt, die diesen Leuten verschlossen blieb und in der er ohne sein Zutun versank. Er hatte keine Angst. Er wehrte sich auch nicht dagegen. Zum erstenmal in seinem Leben durchstreifte er ohne Furcht diese altvertrauten Zonen, die er aber jetzt mit neuen Augen betrachtete.

Da war ja immer der Rettungsring, nämlich die Lampe oder die Lichtstreifen, die durch die Jalousien einfielen. Er konnte ihn nach Belieben ergreifen oder loslassen, außer in den Augenblicken, da die Schmerzen in seinem Kopf wüteten. Aber auch das dauerte nie sehr lange. Ob er dann wohl schrie, stöhnte oder das Gesicht verzog? Jedenfalls war stets die Schwester an seiner Seite und machte ihm eine Spritze, so daß sich nach wenigen Augenblicken wieder Wohlbefinden einstellte.

Er brauchte sich nicht zu sorgen. Nichts hinderte ihn daran, sich in seine Spiele zu vertiefen, da ja sein altes Leben zu Ende war. Hatte Monsieur Mallard das begriffen? Galt sein Besuch wirklich noch einem Angestellten, der im Krankenhaus lag? Oder hatte er eingesehen, daß Dudon jetzt einer anderen Welt angehörte?

Er aber wußte das so gewiß, wie er sein ganzes Leben lang gewußt hatte, daß die Katastrophe eines Tages über ihn hereinbrechen würde.

Aber wozu sollte eine Katastrophe gut sein, wenn man hinterher genauso weitermachte wie zuvor? War das nicht so? Wozu dann das Ganze?

Er machte sich keinerlei Sorgen darum, wie das vor sich gehen würde. Schließlich war das nicht seine Sache. Das Schicksal hatte sein Leben in die Hand genommen, nun sollte es auch zusehen, wie es damit zurechtkam.

Bisweilen brachte ihn die ganze Situation zum Lachen, ausgerechnet ihn, der doch sein Lebtag nie wirklich gelacht hatte. Diese hochgemute Stimmung war ihm völlig neu. Wie dürftig nahm sich dagegen die doch eher angenehme Empfindung aus, mit der er vom Beichtstuhl des Abbé Lecas oder des Abbé Groult aufstand, froh darüber, seine Seele gereinigt zu haben.

Freilich hatte diese Empfindung nie lange angehalten.

Sie war eine Illusion. Während einer knappen Viertelstunde wanderte er beschwingt durch die Straßen, vollführte winzige Sprünge, genoß das Gefühl, noch einmal mit heiler Haut davongekommen zu sein. Aber im Grunde hatte er doch bloß sein Schmutzpaket für eine Weile im dämmrigen Beichtstuhl niedergelegt.

Dieser Gedankengang stammte von seiner Mutter, nicht von ihm selbst.

Wenn sie ihn dabei ertappte, daß er sie anlog, ein Stückchen Schokolade stibitzte, oder wenn er sich als trotzig erwies, dann ohrfeigte sie ihn nicht, erhob nicht einmal die Stimme. Sie seufzte nur:

»Geh schnell zur Beichte! Sonst läufst du Gefahr, im Stande der Sünde zu sterben.«

Den Zehnjährigen hatte sie härter ins Gebet genommen:

»Ich will nicht, daß du wie dein Vater im Stande der Todsünde stirbst.«

Er vermochte sich nicht mehr an sein Geburtshaus zu erinnern,wo er bis zum Alter von drei Jahren gelebt hatte. Er war oft daran vorbeigegangen, hatte sich die Fassade besehen, es aber nie mehr betreten. Mit seinen Mauern aus Hauersteinen, den hohen Fenstern, der Terrasse über dem Fluß und seiner von Statuen flankierten Balustrade zählte es zu den schönsten Gebäuden von Saintes. Während vieler Jahre hatte er sich in den tollsten Farben ausgemalt, wie es in seinem Inneren aussah.

Für ihn war es ein Haus, das sämtliche Sünden beherbergte. Im Munde seiner Mutter aber wurden die Sünden zu lebendigen, geradezu stofflichen Wesen, denen seine Einbildungskraft die abenteuerlichsten Formen verlieh.

Sein Vater hatte im Stande der Sünde gelebt. Seine Sünde aber, mehr als alle anderen, empfand der Sohn als ein körperhaftes Gebilde, das sich beinahe mit Händen greifen ließ.

Sünden besaßen ein Eigenleben, ein Gewicht, einen Geruch.

Der lebendige Vater war aus seinem Gedächtnis entschwunden, aber er hatte Fotos von ihm gesehen und dort so etwas wie eine sündige Aura entdeckt.

Sein Vater war an ihrer Verarmung schuld. Auch dafür hatte seine Mutter eine anschauliche Formel bereit.

›*Er hat mein Vermögen verzehrt.*‹

Und als ob das nicht genügte, hatte sie noch eine andere parat:

›*Er hat uns an den Bettelstab gebracht.*‹

Er war ein Trinker. Das hatte Dudon so beeindruckt, daß er immer das Gefühl hatte, dem großen Haus an der Rue de l'Evéché entströme ein starker Alkoholdunst.

›*Er versteckte Flaschen in allen Winkeln, manchmal auch unter seiner Matratze. Sogar in seinen Jagdstiefeln habe ich welche gefunden.*‹

Bestimmt roch sein Schnurrbart nach Alkohol, genau wie der von Monsieur Mallard, wenn er von einem Essen mit Geschäftsfreunden ins Büro zurückkehrte.

›*Manchmal verschwand dein Vater während einer Woche oder noch länger. Alle Welt in Saintes wußte, daß er nach Bordeaux gefahren war, um in einem verrufenen Viertel auf den Putz zu hauen.*‹

Später hatte er sich an jene Viertel herangepirscht, war durch anrüchige Sträßchen geschlichen, nur um in den Winkeln den verpönten Sündengeruch zu schnuppern.

›*Dann kam er abgemagert und verdreckt wie ein streunender Hund nach Hause.*‹

Aus diesem Grund hatte ihn der Anblick von manchen räudigen Straßenkötern unwillkürlich an seinen Vater erinnert.

›*Als er zu einem Wrack heruntergekommen war, zog er es vor, sich selbst zu richten, ohne sich darum zu scheren, was aus uns werden würde.*‹

Seine Mutter fabulierte nicht. Sie war nicht verrückt. Ihm war auch aufgefallen, daß sie aus Scham den Leuten nicht in die Augen zu sehen wagte.

›*Ihm ist nichts Besseres eingefallen, als sich in einem miesen Hotel, wo er seit drei Tagen mit einem dreckigen*

Weibsstück hauste, die Kehle durchzuschneiden. An dem Morgen, als es passierte, war sie so betrunken, daß sie erst am Mittag etwas merkte. Man hat ihn mit dem Rasiermesser in der Hand verblutet in der Toilette aufgefunden.‹

Daher kam seine panische Angst vor Rasiermessern. Und doch hatte er es nie über sich gebracht, einen Rasierapparat zu benutzen. Jeden Morgen, wenn er die glänzende Schneide am Streichriemen schärfte, der neben seinem Fenster hing, empfand er heimliches Grauen.

›Um dich großzuziehen, habe ich als Putzfrau gearbeitet, aber das hast du natürlich vergessen.‹

Eigentlich war er sich gar nicht so sicher, daß sie bei fremden Leuten saubergemacht hatte. Ihre Angehörigen hatten nie etwas davon erwähnt, und sie vermied es tunlichst, in ihrer Gegenwart darauf zu sprechen zu kommen. Die Charlebois waren nämlich sehr wohlhabende, einflußreiche Leute. Ein Bruder seiner Mutter hatte ein Notariat in Angoulême – nach seinem Tode vor einem Jahr wurde es von seinem ältesten Sohn übernommen – und eine Schwester war mit einem Spirituosenhändler in Cognac verheiratet.

›Sie haben es nicht für nötig gehalten, zur Beerdigung zu kommen. Ganz allein habe ich ihm um acht Uhr in der Früh, noch dazu im Winter, das letzte Geleit gegeben.‹

›Und ich?‹

›Dich hatte ich bei einer Nachbarin untergebracht, da wir uns ja keine Dienstboten mehr leisten konnten.‹

Es war schon seltsam, wie die Wörter, als wären sie

eine Teigmasse, unvermittelt feste Konturen annahmen. Wenn er die Augen öffnete und sein Blick auf die in einer Ecke brennende Lampe fiel, auf das Profil der lesenden Krankenschwester, die sich ihm sogleich lächelnd zuwandte, erschienen ihm die Bilder anders als früher, und er vermochte sie ohne Angst zu betrachten.

Ob auch er jetzt manchmal lächelte? Später einmal würde er die Schwester danach fragen, es sei denn, nach seiner Genesung würde sich ihm das Leben wieder in seiner ehemaligen Gestalt darbieten.

Diese Vorstellung beängstigte ihn wie ein schlimmer Alptraum. Das durfte um keinen Preis geschehen. Er rief um Hilfe. Man würde ihm helfen. Man *mußte* ihm helfen.

Im übrigen würde das gar nicht nötig sein, das spürte er. Ganz allein, bettlägerig wie er war, ohne sich von der Stelle zu rühren, würde er seine Gespenster besiegen, und wenn er es geschafft hätte, würde er ganz weit die Augen öffnen und anfangen zu leben.

Abbé Lecas hatte ein Pferdegesicht und vorstehende Backenknochen. Während der Beichte blickte er, den Zeigefinger an der Schläfe, starr und geistesabwesend vor sich hin. Wenn sein Beichtkind schwieg, sagte er mit tonloser Stimme:

»Mein Sohn, beten Sie drei Rosenkränze!«

Immer waren es drei. Er stellte keine Fragen, redete nicht dazwischen, gab keine Ratschläge. Im Grunde machte er ihm die Sache zu leicht, was Dudon beunruhigte. Einmal war er schon drauf und dran, in ihn zu dringen:

»Haben Sie eigentlich gehört, was ich eben sagte?«

Gleichsam um seinen Beichtiger auf die Probe zu stellen, hatte er sich nicht damit begnügt, seine Sünden aufzuzählen, sondern sie in allen Einzelheiten geschildert, um ihre ganze Scheußlichkeit herauszustellen.

»Mein Sohn, beten Sie drei Rosenkränze.«

»Hochwürden, sind Sie denn nicht der Meinung, daß ich schwer gesündigt habe?«

»Wir alle sind Sünder.«

»Und wenn ich meine Sünden nicht wahrhaft bereute? Wenn ich gleich nach meiner sündigen Handlung nur deshalb zu Ihnen käme, weil ich Angst vor dem Tod habe?«

Der Abbé war noch jung, nicht älter als vierzig, genau wie Dudon.

»Wie wollen Sie wissen, daß Ihre Bußfertigkeit zu gering ist? Warum zweifeln Sie an der Gnade Gottes?«

Vielleicht wäre ihm doch die Geduld gerissen, wenn Dudon weiter darauf beharrt hätte.

Abbé Groult war ein ganz anderer Mensch. Immer warteten drei oder vier Frauen an seinem Beichtstuhl. Er schnupfte. Er war alt, er hatte eine mächtige Glatze, die von einem wirren, seidigen Haarkranz eingerahmt wurde. Von Zeit zu Zeit zog er ein riesiges rotes, mit Rankenmustern verziertes Taschentuch aus seiner Soutane, breitete es aus, ließ seine dicke Nase darin verschwinden und schnaubte gewaltig.

»Warum gehen Sie denn immer wieder in dieses Haus?«

»Ich kann nicht anders.«

»Und immer packt Sie der Drang am Freitag?«

Er hatte vorstehende, tränende Augen, und manchmal konnte man sich des Eindrucks nicht erwehren, daß in dem Blick, den er einem von der Seite zuwarf, der Schalk saß.

»Versuchen Sie doch, am nächsten Freitag vom Büro direkt in eine Kirche zu gehen und zu beten.«

»Ja, Hochwürden.«

Auf seine Art interessierte sich dieser Priester für Dudons Fall und bemühte sich, ihm praktische Ratschläge zu geben.

»Vielleicht wäre die beste Lösung, zu heiraten.«

»Ich bin schon vierzig, Hochwürden.«

»Manch einer hat noch später geheiratet und ist glücklich dabei geworden. Gibt es in Ihrem Büro nicht ein anständiges Mädchen, das dazu bereit wäre?«

Etwa Mademoiselle Tardivon mit ihrem langen Gesicht und den Schweißringen unter den Achseln?

Abbé Groult hatte ihm sogar kleine Kniffe angeraten.

»Suchen Sie sich ein Interessengebiet, zum Beispiel die Malerei, die Musik oder was weiß ich. Beschäftigen Sie sich mit irgend etwas, spielen Sie Billard, sammeln Sie Briefmarken...«

Zu Abbé Groult ging er nur selten, schon weil die Dreifaltigkeitskirche weiter von der Rue Choron entfernt war als Notre-Dame-de-Lorette, außerdem hatte er das Gefühl, daß der alte Priester ihn nicht wirklich ernst nahm. Wenn dem so war, wenn das Ganze zu einem Spiel ausartete, dann büßte die Beichte vielleicht von ihrer Wirkung ein.

Der Abbé hatte ihm sogar geraten:

»Versuchen Sie doch, erst eine Woche zu überspringen, dann zwei ...«

Keiner der beiden hatte Dudon wirklich verstanden. Wie hätte er ihnen auch die wahre Beschaffenheit seiner Sünde deutlich machen sollen? Er selber gewann doch erst jetzt, da er Fieber hatte, Klarheit darüber. So ging ihm auf einmal auf, daß die Sünde schon dann ihren Anfang nahm, wenn er in die Rue Choron einbog, gleich nach der Bar Ecke Rue des Martyrs, und daß das rosarote Licht, das er von der Straße aus im dritten Stock schimmern sah, nicht davon wegzudenken war.

Er brauchte nur den besonderen Geruch der Straße wahrzunehmen, den Kopf zu heben, um zu den Fenstern emporzublicken, und schon geriet er in einen wahren Rauschzustand. Weitere Bestandteile waren die Treppe, die keiner anderen glich, der Spitzenvorhang an der Tür der Pförtnerloge, der beinerne Klingelknopf, der ihn wie ein Auge anzublicken schien, und schließlich die unsichtbare Präsenz von Madame Germaine in der schummrigen Wohnung.

Bevor er eintrat, flüsterte sie mit geheimnisvoller, dunkler Stimme, in der ein verschwörerischer Unterton mitschwang:

»Guten Abend, Freund.«

Sie öffnete die Tür nur so weit, daß er in die Wohnung schlüpfen konnte. Gleich dahinter hing ein schwerer, dunkler Samtvorhang, der einen sogleich umhüllte und den man mit beiden Händen zur Seite heben mußte, um in den Flur zu gelangen, der nur durch den aus dem Salon dringenden Lichtschein erhellt wurde.

Mitunter trat sie allein in den Salon und ließ ihn in der Dunkelheit warten.

»Pst! Ich komme Sie gleich holen!«

Sie mochte etwa fünfzig Jahre alt sein, doch wirkte alles an ihr frisch und appetitlich: ihre mollige Körperfülle, das silbergraue, an manchen Stellen violett schimmernde Haar, der üppige, aus dem Ausschnitt quellende Busen, der beinahe ihr Kinn berührte, das zarte rosige Fleisch, vor allem aber ihr bestrickendes Lächeln.

War das nicht schon die Sünde? In dem mit weißem Marmor verkleideten Kamin stand ein Dauerbrandofen mit glimmenden Kohlen. Schwerer, süßlicher Geruch durchzog den Raum. Das Licht der Stehlampen wurde durch lachsfarbene Seidenschirme gedämpft, auch die Kissenbezüge und die große Puppe auf dem Diwan waren aus schillernder Seide.

»Nehmen Sie Platz, Freund. Was gibt's Neues?«

Eine mächtige Angorakatze, deren Fell ebenfalls eine rosarote Färbung angenommen hatte, lag stets zusammengerollt in einem Sessel. An den Wänden hingen galante Kupferstiche. Auf runden Tischchen waren erotische Magazine ausgelegt.

»Marcelle wird gleich hier sein. Es ist Ihnen doch recht?«

Später nahm sie ihn zwischen Tür und Angel, wo ebenfalls Dämmerlicht herrschte, wieder in Empfang und geleitete ihn hinaus.

»In einer Woche dann, Freund.«

Beim Verlassen des Hauses überfiel ihn ein Schwindelgefühl, als sei er ein gegen die Mauern taumelnder

Maikäfer. Nie hätte er gewagt, einen Blick auf die Pförtnerloge zu werfen.

›*Mit dir wird es einmal ein so böses Ende nehmen wie mit deinem Vater, und du wirst ohne Beichte sterben.*‹

Liebte ihn seine Mutter eigentlich? Oder verübelte sie es ihm im Grunde ihrer Seele, daß er der Sohn des Mannes war, der sie an den Bettelstab gebracht hatte?

Allerdings sollte dieser Zustand nicht lange währen. Bereits nach ihrem ersten Witwenjahr starb eine ihrer Tanten und hinterließ ihr zwei Häuser. Die Tante, die in Rochefort ansässig war, besaß in den Arbeitervierteln von Saintes und verschiedenen anderen Orten an die zwanzig Mietshäuser, die nun unter den Erben aufgeteilt wurden. Wegen der Erbschaftsangelegenheiten hatte die Mutter wieder Kontakt zu den Charlebois aufgenommen. Sie fuhr mehrmals mit ihm nach Angoulême, einmal sogar nach Cognac zur Hochzeit einer Kusine.

Obwohl sie nun zwei Häuser ihr eigen nannten, lebten sie weiterhin ärmlich. Im ersten Stock eines der Häuser war eine Wohnung frei geworden, die sie bezogen hatten. Neben der Sünde führte die Mutter dauernd das Geld im Munde, und jede Münze drehte sie dreimal um.

Auch jetzt, obwohl er seiner Mutter genug Geld schickte, um ihr ein gutes Auskommen zu sichern, hatte sie sich keine bessere Wohnung gesucht und nichts an ihrer Lebensweise geändert. Wie eh und je erging sie sich in Klagen. Einmal im Jahr besuchte er sie, denn sie weigerte sich, die Reise nach Paris auf sich zu nehmen. Er fand sie nicht alt, da sie ihm nie jung erschienen war. Solange er denken konnte, hatte sie die abgelegten Sachen anderer Leute aufgetragen, Kleider und Hüte, die ihre Schwestern ihr überließen.

Am Ende legte sie es darauf an, eine groteske und klägliche Figur abzugeben. In den letzten Jahren hatte sie sich angewöhnt, den späten Nachmittag im finstersten Winkel der Kirche zu verbringen, wo sie, den Blick starr auf ein Marienbild gerichtet, vor dem eine Opferkerze brannte, die Lippen in tonlosem Gebet bewegte.

›*Ich bete für die ewige Ruhe deines Vaters und dein Seelenheil, ohne daß ich zu hoffen wage, daß Gott mich erhört.*‹

Er hatte nie wirkliche Ferien gemacht. Auch Freunde besaß er keine. Er gab sich nicht die geringste Mühe, welche zu gewinnen. Wie seine Mutter schlich er mitunter die Häusermauern entlang, den Blicken der Passanten ausweichend.

Das alles gehörte nun der Vergangenheit an. In seinen Fieberträumen wußte er das genau. Nun hatte er Muße, viele Stunden in seinem unsichtbaren Bilderbuch zu blättern.

Darin bestand jetzt seine Aufgabe. Die anderen kümmerten sich um seinen Leib, um seinen Kopf, der ihm so arge Schmerzen verursachte. Es gab Augenblicke, in denen er sehr wohl spürte, daß sie ihm ihre Besorgnis zu verbergen suchten. Er wußte, daß Komplikationen aufgetreten waren, daß von einem Blutgerinnsel die Rede war, das nicht hätte entstehen dürfen, und zweimal hatte man ihn auf einem Rollbett in den Operationssaal mit dem unerbittlich gleißenden Licht gefahren.

Dann und wann bekam er Besuch. Von wem, das wußte er nicht, wohl von Monsieur Mallard oder von Madame, vielleicht auch von Mademoiselle Tardivon oder der Concierge aus der Rue Saint-Gothard. Ob man seine Mutter benachrichtigt hatte? Bestimmt war in den Zeitungen über den Unfall berichtet worden, aber oft gibt man dort nur den Vornamen und den Anfangsbuchstaben des Familiennamens an.

Das war jetzt ohnehin ohne Belang. Seine Krankenschwester ließ niemanden herein. Wenn jemand zaghaft an die Tür pochte, trat sie in den Flur, wo sie die Leute mit leiser Stimme abfertigte.

Nachts schlief sie auf einem Klappbett, das sie zwischen den beiden Fenstern aufschlug. Wenn sie Ausgang hatte, saß ein ebenfalls weiß gekleideter Mann, ein Käppi auf dem Kopf, an ihrem Platz.

Er war fest davon überzeugt, daß seine Genesung nur langsam voranschreiten würde. Doch das eilte nicht. Schließlich hatte er eine Arbeit zu verrichten, und das konnte nur schrittweise, in kleinen Portionen vor sich gehen, denn schon nach kurzer Zeit stellten sich wieder die Kopfschmerzen ein, und dann bekam er eine Spritze.

Er feilte an der Geschichte der Mallards, die er vielleicht nie mehr wiedersehen würde. Im Grunde hatte er nicht die Absicht, mit irgend jemandem von all diesen Leuten, seine Mutter inbegriffen, je noch etwas zu tun zu haben.

Mitunter dachte er an seine Goldfische, die er einstmals so sorglich gehegt und gepflegt hatte. Er fragte sich, ob jemand auf den Gedanken gekommen war, ihnen frisches Wasser zu geben, doch dann fiel ihm ein, daß niemand, nicht einmal die Concierge, einen Schlüssel zu seiner Wohnung besaß. Bei Regenwetter würde Wasser in sein Zimmer sprühen, denn er hatte die Fenster offengelassen. Wo waren seine Schlüssel, seine Kleider, der Inhalt seiner Taschen?

Das Schicksal seiner Goldfische beschäftigte ihn anfangs, Schuldgefühle wollten in ihm hochsteigen. Doch sogleich tat er die Sache mit einem Achselzucken ab.

Sollten sie doch krepieren!

Er würde sie nie wiedersehen. Die Concierge konnte ihn nicht leiden, obwohl er sich immer die Füße abputzte, bevor er die Treppe hinaufging. Wenn sich ihre Blicke begegneten, vermeinte er etwas wie Furcht in ihren Augen zu lesen.

Galt das nicht auch von seiner Mutter? Das erklärte vielleicht alles. Schon in der Schule verdrückten sich die Kinder in eine andere Ecke des Hofes, sobald er in ihre Nähe kam. Bei der Musterung – bis dahin hatte er sich nie vor anderen Männern ausgezogen – schien man sich seiner sogleich entledigen zu wollen, indem man ihn für dienstuntauglich erklärte. Nun ja, er hatte wirklich die spanische Grippe gehabt und einen Leberschaden davongetragen, aber man hatte ihn doch viel zu schnell ausgemustert, als sei man heilfroh, ihn sich vom Halse zu schaffen.

Die Leute meinten wohl, er sei nicht ihresgleichen, oder er lege es darauf an, ihnen aus dem Weg zu gehen. Das war überhaupt nicht der Fall. Bereitwillig hätte er den ihm zugewiesenen Platz unter anderen Menschen eingenommen und sich alle Mühe gegeben, ihnen angenehm zu sein.

Der beste Beweis dafür war sein Verhältnis zu den Mallards. Er kannte sie seit fünfzehn Jahren, und manchmal hatte es ganz den Anschein, als beständen zwischen ihnen wirklich freundschaftliche Bindungen. Er war in ihre persönlichsten Angelegenheiten eingeweiht, von denen kein anderer Außenstehender wußte, und sowohl Monsieur als auch Madame Mallard holten sich oft Rat bei ihm.

Sie stammten beide aus dem Périgord, aus der Gegend von Bergerac. Ihre Heimatdörfer lagen kaum zwanzig Kilometer voneinander entfernt, und doch hatten sie sich erst in Paris kennengelernt.

Félicien war Lageraufseher in den Markthallen gewesen. Jeanne hatte als Küchenhilfe in einem Restaurant in der Rue Coquillère gearbeitet. Sie hatten beide Ersparnisse besessen, so daß sie sich bald nach ihrer Heirat selbständig machen konnten.

Sie eröffneten ein kleines Speiselokal, wo Jeanne kochte, ihr Mann an der Theke ausschenkte. Die wenigen Gäste, die an den sechs oder sieben Tischen Platz fanden, wurden von einem Mädchen aus derselben Provinz bedient.

Damals machte Dudon für einige kleine Geschäftsleute die Buchführung, kannte aber die Mallards noch nicht. Sie heuerten ihn an, als ihr Restaurant beinahe von einem Tag auf den anderen wegen einer Gänseleberpastete, deren Rezept noch von Mallards Großmutter stammte, in Presse- und Theaterkreisen als der letzte Schrei galt.

Da sie ihre Räume weder seitlich erweitern noch nach hinten ausbauen konnten, hatten sie ein Stockwerk dazugekauft, das man über eine verwinkelte Treppe erreichte. Dann war noch ein zweites dazugekommen, und bald servierten sie täglich über zweihundert Gedecke.

Dudon verbrachte jeden Abend zwei Stunden bei ihnen. Er arbeitete in einer zum Büro umfunktionierten Toilette, die auch als Besenkammer diente. In diesem Raum erzählte ihm Mallard eines Tages von einer Idee, auf die ein Kunde ihn gebracht hatte, nämlich seine berühmte Gänseleberpastete einzuwecken und an Feinkosthändler zu verkaufen.

Jetzt waren sie reich. Ihre Tochter, die als Kind zwischen den Tischen des Restaurants gespielt hatte, war in eine Klosterschule geschickt worden und inzwischen zu einem jungen Mädchen herangewachsen. Die Mallards bewohnten ein Achtzimmerappartement am Boulevard Voltaire, wohin sie ihn öfters einluden. Als Françoise im Alter von sechzehn Jahren erkrankte, zogen sie ihn bei der Wahl des Spezialisten zu Rate. Er begleitete sie auch nach Berck-sur-Mer, wo Françoise, deren Zustand sich verschlimmert hatte, in einem Sanatorium untergebracht wurde.

Er wußte alles von ihnen: wo sie ihr Geld anlegten, wieviel Steuern sie hinterzogen, er kannte ihre Baupläne in der Dordogne, wo sie ein Grundstück erworben hatten, die wenigen Abenteuer, auf die sich Mallard beinahe wider Willen einließ.

Doch vom ersten Tag an gab es zwischen ihnen eine Mauer, und daran hatte sich nichts geändert. Sie nannten ihn Monsieur Maurice. Sie betonten immer wieder, daß er zur Familie gehörte. Angelegentlich erörterten sie ihre Probleme in seinem Beisein. Ganz plötzlich aber versiegte das Gespräch, ohne daß einen von ihnen die Schuld getroffen hätte. Verlegenheit machte sich breit. Man hatte ihm einfach nichts mehr zu sagen.

Sie waren unglücklich. Das viele Geld belastete sie eher, als daß es ihnen das Leben erleichtert hätte. Madame Mallard bewegte sich linkisch in ihren Pelzen, paßte auch nicht recht in das Auto, für das sie einen Fahrer hatten engagieren müssen, da sie sich beide nicht zutrauten, sich selber ans Steuer zu setzen.

Ob sie sich wohl auch mit ihren Sünden abquälten?

Er konnte sich nicht erinnern, daß sie je zur Messe gegangen wären. Nie sprachen sie über religiöse Fragen, außer mit ihrer Tochter, dabei hatten sie bestimmt eine religiöse Erziehung genossen, denn schließlich stammten sie ja vom Lande.

Solange es mit ihrem Unternehmen nur langsam bergauf ging, konnten sie ihr Glück kaum fassen. Doch als sie wirklich reich waren und mit Millionen rechneten, mußte Françoise wegen ihrer Krankheit plötzlich die Klosterschule verlassen.

Sie hatte Knochentuberkulose. Man verschwieg es ihr, machte ihr Hoffnung auf eine baldige Genesung, auf ein unbeschwertes Leben. Sie glaubte ihnen nicht. Jedermann wußte, daß sie eine unheilbare Krankheit hatte, sogar die Stammkunden, die stets eine mitleidsvolle Miene aufsetzten und die Stimme senkten, sobald Madame Mallard durch den Speiseraum ging.

Beide waren sie traurig, fühlten sich schuldig und

hatten nicht den Mut, es sich einzugestehen. Es konnte gut sein, daß sie die Krankheit ihrer Tochter als eine Art Strafe empfanden.

Auch Dudon hatte eine feine Nase für die Sünde entwickelt – nicht nur für die eigenen, sondern auch für die der anderen –, auch er war während vieler Jahre jeden Tag auf die Strafe des Himmels gefaßt gewesen.

Um das Maß vollzumachen, hatte er neben der Todsünde auch noch läßliche, im Grunde überflüssige Sünden begangen.

Die tausend oder zweitausend Francs, die er Mallard allwöchentlich entwendete, hätte er ohne weiteres entbehren können. Er brauchte gar nicht mehr Geld. Ihm stand der Sinn nicht nach Luxus. Er hatte genug, um jeden Freitag in die Rue Choron zu gehen.

Oder war es ihm am Ende beim ersten Mal nur darum zu tun gewesen, Abbé Lecas zu beeindrucken?

Nein. Den Abbé mußte er wohl aus dem Spiel lassen, denn schon als Kind hatte er mit voller Absicht, ohne Not seine Mutter belogen, weil ihm sonst kaum eine andere Sünde zu Gebote stand. Die Geldsummen im Haus waren zu gering, als daß es sich gelohnt hätte, Diebstähle zu begehen. Erst im Alter von zweiundzwanzig Jahren, als er schon in Paris lebte, suchte er zum erstenmal ein Freudenhaus auf, das inzwischen abgerissen worden war. Es bestand in der Hauptsache aus einem riesigen Saal, wo eine Horde von Männern, vor allem Araber, herumlungerten, und halbnackte Frauen die wüstesten Obszönitäten vom Stapel ließen. Meist begnügte er sich damit, sich eine Weile in diesem

Raum aufzuhalten. Nie wieder war ihm die Sünde in so feister, körperlich greifbarer Gestalt erschienen.

Auch in der Rue Choron wandelte ihn mitunter die Lust an, nur ein wenig im Empfangszimmer zu verweilen, ohne weitere Dienste zu verlangen. Gern hätte er diesen Wunsch geäußert, aber seine Furcht vor Madame Germaine hielt ihn davon ab.

Er würde weder Abbé Lecas noch Abbé Groult, ja überhaupt niemandem etwas davon sagen. Das erübrigte sich jetzt. Er fühlte sich nicht mehr besudelt.

Ja, das traf den Nagel auf den Kopf! Er fühlte sich nicht mehr besudelt!

Frischgewaschen lag er in einem blütenweißen Bett. Hell war auch das Zimmer, wo seine Krankenschwester leichtfüßig umherging und wo er, sobald sich sein Zustand gebessert hätte, Blumen in Empfang nehmen würde.

Nun konnte er getrost alle dunklen Winkel durchforschen, da er die Gewißheit hatte, daß er, wann immer er wollte, zum Licht zurückfinden würde.

Er empfand geradezu Mitleid für Mallard, wenn er sich den armen Menschen vorstellte, der so verkrampft, mit dem Hut auf dem Schoß, auf seinem Stühlchen gesessen hatte, denn er wurde eben noch immer von seinen Alpträumen und Ängsten geplagt.

Ihn aber hatte das Schicksal erlöst. Gern hätte er ihm zugezwinkert und ihm leise bekannt:

»Im Grunde habe ich ja immer gewußt, daß es eines Tages so kommen würde. Aber trotzdem vielen Dank!«

3

Sie gab zuerst nach, und er war ihr dankbar dafür. Bei seinen letzten beiden Visiten hatte der rothaarige Arzt so getan, als sei sein Zustand völlig unverändert. Dudon war davon überzeugt, daß Anne-Marie ihn dazu angestiftet hatte, denn ihm schien, daß die beiden einander zuzwinkerten.

Er lag genauso da wie in den Tagen, als er hohes Fieber hatte. Sie aber kam und ging, verrichtete ihre Routinearbeit, nicht anders als zu der Zeit, da er nicht bei Bewußtsein war.

Er vermochte eigentlich nicht zu sagen, warum er sie nicht gleich angeredet hatte. Bestimmt war er dazu in der Lage. Er fühlte sich bei klarem Verstand. Nun, vielleicht brauchte er Zeit, um sich mit seiner neuen Umgebung vertraut zu machen.

Im Grunde war es eine Kinderei, ein Spiel, das er noch aus seiner Schulzeit kannte. Wer dem anderen am längsten in die Augen schauen konnte, ohne zu lachen, der hatte gewonnen.

Es erheiterte ihn, daß sie das Spiel nicht vorzeitig abbrach und ihn, wenn sie ihn morgens und abends umbettete, herumdrehte, als wäre er ein Säugling.

Sie war jünger als er, höchstens dreißig. Allerdings hätte er von einer Person, die von Berufs wegen Kranke pflegt, nicht erwartet, daß sie solche Kindereien trieb.

Eines Morgens war es soweit. Er erwachte zur gleichen Zeit wie sie, noch vor Tagesanbruch. In der Klinik war es totenstill. Er sah es gern, wenn sie sich mit wirrem Haar und ausdrucksleerem Gesicht von ihrem Feldbett erhob und sich in ihrem langen weißen Nachthemd mit den blauen Punkten ausgiebig räkelte.

Diesmal schloß er die Augen zu spät, und ihre Blicke kreuzten sich. Sie ließ sich nichts anmerken, verschwand, als wäre nichts vorgefallen, im Badezimmer. Noch nie hatte er mit jemandem zusammengelebt, außer mit seiner Mutter in Saintes, doch in ihrer Wohnung gab es kein Badezimmer. Anne-Marie hatte die Tür nicht geschlossen, damit sie hören konnte, wenn er nach ihr rief. Er vernahm daher jedes Geräusch, er bekam sogar mit, wie sie sich mit dem Handtuch abrubbelte, und mitunter gewahrte er ein Stückchen ihres rosigen Fleisches in einer Spiegelecke.

Noch etwas ergötzte ihn. Bevor sie ins Badezimmer trat, legte sie ihre Kleidungsstücke auf einen Stuhl neben der Tür. Sobald sie sich gewaschen hatte, erschien ihr nackter Arm im Türspalt und griff nach den einzelnen Teilen: Strümpfe, Schlüpfer, Hemd, Unterrock, schließlich der weiße, leicht gestärkte Kittel. Trotz ihres üppigen Busens trug sie keinen Büstenhalter.

Es duftete nach Seife und Kölnisch Wasser. Sie trat an sein Bett und sah ihn an. Ihre ganze Person strahlte Frische aus, als begänne für sie eben das Leben.

Dann verschwand sie noch einmal, um sich eine Tasse Kaffee und Hörnchen zu holen, die man irgendwo am Ende des Flurs für sie bereitstellte, und setzte sich an einen kleinen Tisch, um zu frühstücken.

Aus winzigen Anzeichen ersah er, daß sie an diesem Morgen nicht mehr lange ernst bleiben konnte. Jedesmal, wenn sie in seine Richtung blickte, schloß er die Augen zu spät, und auch ihn verlangte es danach, ihr zuzulächeln. In aller Ruhe beendigte sie ihre Mahlzeit, brachte das Tablett zurück, dann griff sie nach dem Thermometer, schüttelte es, bevor sie es ihm in den Mund steckte. Ohne jede Scham bot er sein bartüberwachsenes Gesicht, ein Glasrohr zwischen den Lippen, der jungen Frau dar.

Er zweifelte nicht daran, daß zwischen ihnen ein heimliches Einvernehmen bestand, aber es lag ihm viel daran, daß sie den Anfang machte.

Als sie das Thermometer ablas, huschte ein erstes amüsiertes Lächeln über ihre Züge. Mit zuckendem Mund, wie jemand, der sich das Lachen verbeißt, sagte sie:

»Hätten Sie nicht Lust auf eine Tasse Kaffee und einen Toast mit Marmelade?«

Vielleicht hatte er in seinen Fieberträumen geredet, aber jetzt würde sie zum erstenmal seine wirkliche Stimme hören, und davor scheute er noch zurück. Erst lächelte er ihr zu, um ihr zu danken. Dann vernahm er seine eigene Stimme, die ihn ein wenig aus der Fassung brachte.

»Ja, gern.«

»Soll ich den Rolladen hochziehen?«

Entgegen seiner Erwartung schien keine Sonne. Es regnete. Dicke Tropfen glitten die Scheiben entlang. Im Hof stand ein hoher Baum, dessen Knospen noch nicht aufgesprungen waren.

Das machte ihm nichts aus. Ganz im Gegenteil! Bei schönem Wetter hätte sie wahrscheinlich das Fenster geöffnet, und die Atmosphäre im Zimmer wäre weniger heimelig gewesen.

»Wissen Sie eigentlich, Monsieur Dudon, daß heute ein großer Tag ist?«

Er nickte, ohne recht zu verstehen, was sie damit sagen wollte. Es mochte sehr wohl der wichtigste und herrlichste Tag seines Lebens sein. Wenn nur der Regen nicht aufhörte, der die Scheiben wusch, den Stamm und die dicken Äste des Baumes im Hof mit schwarzem Glanz überzog.

Zum erstenmal betätigte Anne-Marie eine Kurbel, so daß der obere Teil der Bettlade sich hob. Nun saß er beinahe aufrecht in seinen Kissen. Er verzog das Gesicht, denn er verspürte Schmerzen an den Schulterblättern, an den Hüften, am ganzen Körper. Er sah sie fragend, ein wenig überrascht an, aber ohne jede Angst.

»Ja, freilich, Sie wissen überhaupt noch nichts. Sie haben eine Unmenge Blutergüsse. Tut es sehr weh?«

»Es geht.«

»Können Sie so sitzen bleiben?«

Das Tablett, das sie ihm brachte und das wie ein kleiner Tisch auf seinem Bett stand, ohne auf seine Beine zu drücken, war mit einem bestickten Deckchen ausgelegt. Er bewunderte die schwere silberne Kaffeekanne und das feine Porzellangeschirr.

Anne-Marie sah ihn aufmerksam an.

»Wissen Sie, wo Sie sich befinden?«

»Nein. Das ist doch hier kein gewöhnliches Krankenhaus?«

Sie lachte.

»Nein, ein gewöhnliches Krankenhaus ist das hier nicht. Sie befinden sich in Passy, in einer der besten Privatkliniken Frankreichs. Sie hat nur zwanzig Betten, und die berühmtesten Ärzte machen hier fast jeden Tag Visite.«

Sie setzte sich an sein Bett, plauderte munter drauflos. Es machte ihr sichtlich Spaß, ihn in Erstaunen zu setzen.

»Monsieur Lacroix-Gibet hat veranlaßt, daß Sie hierhergebracht wurden, und darauf gedrungen, daß man Sie aufnimmt.«

»Wer ist das?«

»Was, Sie kennen ihn nicht? Sie haben seinen Namen nie in den Zeitungen gelesen? Er zählt zu den einflußreichsten Mitgliedern des Stadtrates. Er war völlig außer sich über den Unfall. Zweimal täglich ruft er hier an, um sich nach Ihrem Befinden zu erkundigen. Er hat alle Hebel in Bewegung gesetzt, damit Doktor Jourdan sich sofort auf den Weg machte und fast gleichzeitig mit Ihnen hier eintraf, um Sie zu operieren.«

Sie redete wie mit einem Kind, das man verwöhnen möchte. Sie war entzückt darüber, daß er etwas zu sich nahm und insgeheim die Kaffeekanne und das kostbare Geschirr bestaunte.

»Schmeckt es Ihnen?«

»Ausgezeichnet.«

»Ich hätte Ihnen schon gestern ein Frühstück bringen können, aber ich hielt es für besser, Sie nicht zu wecken.«

Das Versteckspiel ging weiter. Sie vernahmen das

gleichmäßige Surren eines Staubsaugers in den Fluren, und Dudon fing an, die Motorengeräusche der wenigen vorbeifahrenden Autos in der Ferne zu unterscheiden.

»Sobald Monsieur Lacroix-Gibet erfährt, daß es Ihnen besser geht, wird er Sie bestimmt besuchen wollen. Der Unfall hat ihm wirklich sehr zugesetzt. Er ist ein reizender Mensch.«

»Kennen Sie ihn näher?« fragte er ein wenig eifersüchtig.

»Ich gehöre nicht zum Klinikpersonal. Ich bin selbständige Krankenpflegerin. Ich war über einen Monat in seinem Haus, als Madame Lacroix-Gibet wegen einer Rippenfellentzündung das Bett hüten mußte. Letzten Sommer hatte Monsieur Philippe einen Autounfall auf der Straße nach Deauville und ließ mich kommen, um ihn zu pflegen. Er lag im Zimmer nebenan.«

Es berührte ihn doch, daß sie ihn Monsieur Philippe nannte, aber er verzog keine Miene, tat, als hätte er nichts bemerkt.

»War er schwer verletzt?«

»Längst nicht so arg wie Sie. Ein Beinbruch und ein paar Prellungen. Aber er ist recht zimperlich.«

»Baut er denn oft Unfälle?«

Sie lachte. Sie fürchtete sich nicht vor ihm. Sie sah in ihm einen Menschen wie jeden anderen.

»Was hielten Sie davon, wenn man Ihnen den ganzen Bart abrasierte?«

»Läßt sich das machen?«

»Jeden Morgen um neun kommt ein Friseur. Ich brauche Sie nur in die Liste einzutragen.«

Ganz unvermittelt stellte er die eine Frage, die ihm noch auf der Seele lastete:

»Wird man mich noch lange in der Klinik behalten?«

»Haben Sie es denn so eilig, von hier wegzukommen?«

Sie kannte die Antwort, aber sie war keine Spielverderberin.

»Mit ein paar Wochen müssen Sie schon rechnen.«

Er fragte sie nicht danach, ob sie ihn die ganze Zeit pflegen würde, denn daran hegte er nicht den geringsten Zweifel.

»Jetzt mache ich Ihre Toilette, und während Sie sich ausruhen, lasse ich die Putzfrau kommen.«

Er wußte schon, daß Anne-Marie nicht das Reinemachen besorgte, sondern eine stämmige kleine Person mit dicken Beinen, die eine blaugestreifte Uniform trug und niemals in seine Richtung blickte.

Er döste vor sich hin, achtete jedoch auf alles, was um ihn herum vorging. Als der Friseur mit einem schwarzen Lederköfferchen ins Zimmer trat, stellte Anne-Marie den oberen Teil seines Bettes wieder hoch.

»Möchten Sie nicht in den Spiegel schauen, bevor Ihnen der Bart abgenommen wird?«

Er hatte sich noch nie einen Bart wachsen lassen, und sein Spiegelbild gefiel ihm nicht übel. Wenn Bärte nicht aus der Mode gekommen wären, hätte er ihn beibehalten, denn er fand ihn recht kleidsam. Er ähnelte einem Nordpolforscher aus einem Dokumentarfilm. Seine Augen blickten lebhafter, seine Zähne wirkten weißer und sein Mund energischer. Außer einer turbanartigen Bandage um den Kopf hatte er keine Verbände.

»Hätten Sie sich gern so fotografieren lassen? Wie dumm, daß mir das nicht vorher eingefallen ist, sonst hätte ich meinen Apparat mitgebracht.«

Kein Zweifel, es ging ihm viel besser, denn der Arzt, dessen schnelle Schritte er im Flur vernahm, begnügte sich mit einem raschen Blick ins Zimmer. Er trug keinen weißen Kittel, sondern ein Jackett aus feinem grauen Wollstoff und einen Hut auf dem Kopf. Seine Bestecktasche war ebenso verschlissen wie das Köfferchen des Friseurs.

Dudon strich sich mit der Hand über die Wangen, die so glatt waren, daß sie ihm ganz fremd vorkamen.

»Gelt, Sie fühlen sich verjüngt!«

Sie wußte gar nicht, wie recht sie hatte! Er fühlte sich alterslos! Wenn nur der morgendliche Rummel endlich aufhörte und man die Tür schlösse! Dann wären nur sie beide im Zimmer, ohne jedes andere Geräusch als das sanfte Rauschen des Regens hinter den Fenstern.

»Ich habe Monsieur Lacroix-Gibet angerufen, der gegen elf hier sein wird. Ich nehme an, daß Ihnen der Name Gibet bekannt ist.«

»Die Gibet-Weine?«

In allen Pariser Vierteln gab es Filialen dieser Firma. Man erkannte sie sogleich an der charakteristischen dunkelgrünen Fassade, auf der in riesigen verschnörkelten gelben Lettern »Vins Gibet« aufgemalt war. Sogar in der Rue Turbigo, genau gegenüber den Büroräumen von Monsieur Mallard befand sich eine solche Zweigstelle, die Mademoiselle Tardivon durch ihr Fenster sehen konnte.

»Madame Lacroix-Gibet ist die Tochter von Frédéric

Gibet, dem Begründer der Firma. Als er vor einigen Jahren starb, fiel das Unternehmen an seinen Sohn und seine Tochter. Monsieur Philippe führt den Betrieb gemeinsam mit seinem Schwager. Ihr Geschäftssitz befindet sich in der Avenue de l'Opéra.«

Wenn er abends durch die Stadt ging, hatte er den Firmennamen in Leuchtschrift schon oft am Balkon gesehen. In den Bars, wo er mitunter ein Viertel Selterswasser trank, stand immer eine Flasche Quinquina-Aperitif von Gibet. Das Getränk war schon seit langem aus der Mode gekommen, selbst die Form der Flasche mutete altmodisch an, aber in ganz Frankreich, ja sogar im Ausland, wurde es immer noch verlangt.

»Er ist einer der meistbeschäftigten Männer, die ich kenne. Als er in der Klinik lag, warteten ständig mehrere Leute im Vorzimmer, und am Kopfende seines Bettes mußte ein zweites Telefon installiert werden. Seine Sekretärin verbrachte den ganzen Tag in seinem Zimmer. Morgens und abends kam seine Stenographin zum Diktat.«

Er geriet nicht aus dem Häuschen, war nicht einmal sonderlich beeindruckt. Er fand das ganz natürlich. Es verstand sich gewissermaßen von selbst, daß er sich in einer exklusiven Klinik befand, daß ein berühmter und teurer Chirurg ihn operierte, eine private Krankenpflegerin sich um ihn kümmerte und einer der angesehensten Männer von Paris um sein Wohlergehen besorgt war.

»Sie sind schon ein seltsamer Mann, Monsieur Dudon.«

Und gleich darauf:

»Wenn Sie nichts dagegen haben, würde ich gern Monsieur Maurice zu Ihnen sagen. Und nennen Sie mich ruhig Anne-Marie.«

»Ich kenne Ihren Namen bereits.«

Er hatte sich verraten. Er gab also zu, daß er während der letzten Visiten des Arztes, der die Pflegerin immer bei ihrem Vornamen nannte, bei Bewußtsein gewesen war.

»Stimmt es, daß Sie in Paris keine Angehörigen haben?«

»Ich habe nur noch meine Mutter, die in Saintes wohnt.«

»Ich glaube nicht, daß sie benachrichtigt wurde. Soll ich ihr in Ihrem Namen schreiben?«

»Das ist nicht nötig.«

»Sie möchten also nicht, daß sie von Ihrem Unfall erfährt? Um sie nicht zu beunruhigen? Deshalb?«

Er antwortete aufrichtig:

»Nein.«

Sie sah ihm aufmerksam ins Gesicht und hätte beinahe losgelacht.

»Möchten Sie sonst jemanden sehen?«

»Nein.«

»Keine Freundin?«

»Nein.«

»Leben Sie allein?«

»Ja.«

»Schon lange?«

»Immer schon. Seit ich mit neunzehn von meiner Mutter wegzog.«

Sie redeten beide nur zum Spaß. Die Wörter selbst

waren ohne Bedeutung, nur die Art, sie auszusprechen zählte, die Blicke, die sie dabei wechselten. Sie waren wie zwei Kinder, die zum erstenmal miteinander spielen.

»Ihr Chef, der baumlange Mensch mit dem herunterhängenden Schnurrbart, wie heißt er bloß ...«

»Monsieur Mallard.«

»Ja. Er scheint große Stücke auf Sie zu halten. Jeden Tag ist er gekommen. Ich habe ihm geraten, sich telefonisch nach Ihrem Befinden zu erkundigen, denn wenn ich recht verstanden habe, wohnt er am anderen Ende von Paris.«

»Ja, am Boulevard Voltaire.«

»Eine triste Gegend.«

»Ja, reichlich trist. Genau wie die Rue Turbigo.«

»Was ist denn in der Rue Turbigo?«

»Das Büro.«

»Er hat sich nicht von mir abhalten lassen, jeden Morgen herzukommen, und gestern brachte er seine Frau mit.«

»Auch eine rechte Trübsalbläserin.«

Sie schien ihn drollig zu finden. Manchmal sah es aus, als würde sie gleich losplatzen.

»Ich habe sie nicht ins Zimmer gelassen.«

Sie nach dem Grund zu fragen, erübrigte sich, denn sie verstand in seinen Augen zu lesen.

»Ich hatte den Eindruck, daß Sie keinen Wert darauf legten, sie zu sehen. Hatte ich unrecht?«

»Sie haben genau das Richtige getan.«

Wenn sie hereingekommen wären, hätte er vielleicht nicht umhin gekonnt, mit ihnen zu reden. Und er wollte sich doch seine ersten Worte für Anne-Marie aufsparen!

»Ich fürchtete auch, daß sie Sie mit ihren geschäftlichen Angelegenheiten behelligen.«

»Ich bin nicht mehr ihr Angestellter.«

»Gehen Sie denn nicht mehr zu ihnen zurück?«

»Nein.«

Was er da sagte, war die schlichte Wahrheit. Noch nie in seinem Leben hatte er so rückhaltlos die Wahrheit gesagt. Sie aber sah ihn mit offenem Mund an.

»Sind Sie nicht müde?«

»Nein.«

»Auch keine Kopfschmerzen?«

»Ich spüre meinen Kopf überhaupt nicht.«

»Es ist fünf vor elf, und Monsieur Philippe wird gleich hier sein, denn trotz seiner zahllosen Verpflichtungen legt er großen Wert auf Pünktlichkeit. Wahrscheinlich hatten Sie während des Unfalls keine Gelegenheit, ihn in Augenschein zu nehmen.«

»Doch. Er ist ein hochgewachsener Mann, mit einem schmalen Schnurrbart wie ein Filmschauspieler, ein Schlappschwanz.«

»Wenn Sie ihm sagen würden, daß er ein Schlappschwanz ist, wäre er wohl sehr ungehalten.«

»Stimmt das denn nicht?«

»Er ist überaus tüchtig. Seine politischen Gegner halten ihn keineswegs für einen Schwächling. Sie haben Angst vor ihm. Bevor er Mademoiselle Gibet heiratete, gehörte er der Anwaltskammer an.«

Sie horchte. Die Schritte im Flur mochten ihr bekannt vorkommen, denn sie ging sogleich zur Tür, die sie mit einem seines Erachtens übertriebenen Diensteifer öffnete. Im Türrahmen, den er ganz auszufüllen schien, stand kein anderer als Lacroix-Gibet im eleganten blauen Jackett, einen perlgrauen Hut in der Hand.

»Guten Tag, Anne-Marie, mein Herzchen. Vielen Dank für den Anruf.«

Er war phantastisch angezogen. Kein Wassertröpfchen verunzierte seine Achseln. Bestimmt wartete unten an der Freitreppe sein Straßenkreuzer auf ihn.

Sogleich nahm ein zweites Versteckspiel seinen Anfang, das in mancher Hinsicht komplizierter war als das mit Anne-Marie, zugleich aber auch einfacher.

Dudon war völlig entspannt. Er brauchte nur dazuliegen und abzuwarten, während sein Besucher den Hut auf den Tisch legte, ein Taschentuch hervorzog und sich erst dann dem Bett zuwandte. Er räusperte sich ein- oder zweimal. Das tat er wohl auch in den Sitzungen des Stadtrats, bevor er das Wort ergriff.

»Daß ich über das Vorgefallene untröstlich bin, muß ich wohl gar nicht ausdrücklich erwähnen, Monsieur Dudon.«

Er bedeutete der Krankenschwester durch einen Blick, daß er mit Dudon allein sprechen wollte, und schloß die Tür hinter ihr. Er setzte sich nicht. Er wirkte übergroß in diesem Zimmer. Mechanisch spielte er mit einem Löffel herum, den er vom Nachttisch genommen hatte.

»Meine Worte mögen Ihnen abgedroschen erscheinen, weil man sie unter den gegebenen Umständen immer im Munde führt. Aber ich kann Ihnen versichern, daß ich große Angst ausgestanden habe. Erst als mein Freund Jourdan, dem ich größtes Vertrauen entgegenbringe, mir am Telefon hoch und heilig versprach, daß er Sie retten würde, konnte ich wieder frei atmen.«

Nach einer kurzen Pause fuhr er in leichterem, liebenswürdigerem Ton fort:

»Ich hoffe, daß unsere liebe Anne-Marie Sie ordentlich hochpäppelt. Sie schien mir die einzig richtige Person, denn ich hatte bereits Gelegenheit, ihre hervorragenden Dienste in Anspruch zu nehmen. Ihre beruflichen Fähigkeiten sind nicht mein Ressort, aber was das Wohlbefinden des Patienten angeht, so besitzt sie eine Gabe, die meines Erachtens von unschätzbarem Wert ist, nämlich eine fröhliche und zärtliche Natur.«

Täuschte er sich? Oder hatte er die letzten Worte mit besonderem Nachdruck ausgesprochen?

»Wie dem auch sei, ich habe jedenfalls angeordnet, daß man allen Ihren Wünschen entgegenkommt, was sich ja durchaus von selbst versteht.«

»Ich danke Ihnen.«

Das waren seine ersten Worte, und Lacroix sah ihn betreten an, denn der Klang seiner Stimme hatte ihn überrascht. Dabei hatte Dudon ohne jede Ironie gesprochen. Seine Bemerkung gegenüber Anne-Marie war ganz richtig gewesen: Dieser Mann hatte kein Rückgrat.

Bislang wußte der ehemalige Anwalt immer noch nicht, wie er es anstellen sollte, um die Rede auf den eigentlichen Zweck seines Besuches zu bringen.

»Ich gebe zu, daß ich mich heute noch frage, wie es zu diesem dummen Unfall hat kommen können. Seit zweiundzwanzig Jahren fahre ich unfallfrei, abgesehen von dem Mißgeschick letztes Jahr auf der Straße nach Deauville, wo ich wegen eines Lastwagens, der ohne Rücklicht mitten auf der Chaussee fuhr, beinahe ums Leben gekommen wäre.«

Erwartete er denn, daß Dudon ihm über seine Verlegenheit hinweghelfen würde?

»Natürlich bin ich durchaus bereit, meinen finanziellen Verpflichtungen nachzukommen. Meine Versicherung nimmt sich jetzt der Sache an, und ich habe sie dahingehend instruiert, daß alles zu Ihrem Besten geregelt wird. Es ist jetzt noch zu früh, um diese Fragen anzuschneiden, aber ich hoffe, daß wir einander verstehen. Ich spreche zu Ihnen von Mann zu Mann. Im Augenblick des Unfalls waren Sie wahrscheinlich der einzige Passant in der Rue Choron.«

»Ja, ich war allein. Doch im Zeitungskiosk hielt sich noch eine ältere Frau auf.«

»Stimmt. Es ist wirklich bemerkenswert, daß Sie sich daran erinnern, daß dieses Detail in Ihrem Gedächtnis haftengeblieben ist. Ich war der Meinung, daß die plötzliche Erschütterung, der brutale Schock...«

Noch wußte Dudon nicht, worauf er hinauswollte, aber er zweifelte nun nicht mehr, daß er im gegebenen Moment sehr wohl Lunte riechen würde. Das ermunternde, aber unverbindliche Lächeln wich nicht aus seinem Gesicht.

»Wie schon gesagt, ich komme für alles auf. Ich habe herausgefunden, wer Sie sind und daß Sie eine Anstellung als Buchhalter haben. Monsieur Mallard ist mir auch ein Begriff.«

Er räusperte sich, packte einen Stuhl bei der Lehne,

trug ihn vom Bett weg. Schließlich nahm er darauf Platz, schlug die Beine übereinander, so daß seine seidenen Socken zu sehen waren.

»Ermüde ich Sie auch nicht?«

»Ich fühle mich ausgezeichnet.«

»Eigentlich sollte ich diese Fragen heute noch nicht anschneiden, aber ich dachte, daß ich Ihnen damit eine Freude machen kann. Ich habe Erkundigungen über Sie eingezogen, Monsieur Dudon, und das Beste über Sie erfahren. Monsieur Mallard ist ein ordentlicher Mann, dem Sie zweifellos wertvolle Dienste leisten. Doch unter uns gesagt, mir scheint doch, daß Sie bei ihm fehl am Platz sind, deshalb erlaube ich mir, Ihnen schon heute zu sagen, daß mein Schwager und ich, wenn Sie nach Ihrer Genesung Lust haben sollten, in die Firma Gibet einzutreten, Sie mit offenen Armen aufnehmen würden.«

Mit seinem Batisttaschentuch wischte er sich die wohl schweißnassen Hände ab. Er erhob sich.

»In ein paar Tagen werde ich Sie wieder aufsuchen. Sollten Sie in der Zwischenzeit einen besonderen Wunsch haben, dann setzen Sie doch bitte Anne-Marie davon in Kenntnis, die das Nötige veranlassen wird.«

Er griff nach seinem Hut, ging aber noch nicht zur Tür, vielmehr legte er ihn wieder hin, als wäre ihm plötzlich ein Detail in den Sinn gekommen, das ihm zeitweilig entfallen war. Er wandte sich zum Bett und blickte Dudon geradewegs ins Gesicht.

Sich den Schweiß von der Stirn wischend, legte er schließlich los:

»Das Bild von dem Unfall verfolgt mich unablässig. Ich kam eben von einer politischen Versammlung am

Place d'Anvers und fuhr in Richtung der großen Boulevards, um nicht in einen Stau zu geraten. Ich hatte abgeblendet, saß allein, also ohne jede Ablenkung im Auto ...«

In einer Viertelsekunde hatte es gefunkt! Mit gespielter Unbefangenheit hatte er die paar Silben in den Satz eingestreut:

... ich ... saß allein ... im Auto ...

Das traf aber nicht zu. Hätte er nicht Dudons Argwohn erregt, so wäre ihm das vielleicht nicht aufgefallen. Aber seit seinem Eintreten legte Dudon jedes einzelne Wort auf die Goldwaage, und dieser Satz, eben weil er ihn allzu schnell, scheinbar beiläufig hingesagt hatte, weckte in seinem Geist eine Erinnerung.

Er war nicht allein in seinem Auto. Neben ihm, an ihn geschmiegt, saß eine Frau mit einem hellen, vermutlich weißen Hut. Dudon hatte ihn, als er inmitten all der Menschen auf der Fahrbahn lag, nicht mehr zu sehen bekommen.

Er widersprach nicht, sagte keinen Ton. Doch ein amüsiertes, vielsagendes Lächeln stahl sich auf seine Lippen, das dem Stadtrat nicht entging. Dieser schwieg eine Weile.

Dann sagte er:

»Sie verstehen, was ich meine.«

»Ich verstehe.«

»Mir war sehr daran gelegen, daß Sie ...«

Was auch immer! Worte dienten jetzt nur noch als Füllsel. Lacroix-Gibet konnte getrost nach seinem Hut greifen, ans Bett treten, ihm freundschaftlich die Hand reichen. Er war sichtlich erleichtert.

»Ich glaube, wir werden Freunde werden. Ich gehe jetzt, denn in wenigen Minuten beginnt eine Aufsichtsratsitzung, die ich nicht versäumen darf. Ich schicke Anne-Marie zu Ihnen. Vergessen Sie nicht, was ich Ihnen gesagt habe. Alles, was Sie sich wünschen ...«

Sie lächelten einander zu.

Es war fünf Uhr nachmittags. Nach dem Mittagessen, wiederum in silbernen Schüsseln serviert, jede Speise unter einer silbernen Haube, damit sie nicht erkaltete, hatte Dudon ein ausgiebiges Schläfchen gehalten. Anne-Marie hatte bemerkt:

»Ich frage mich, ob die Sache Ihnen nicht eher Glück gebracht hat.«

Er widersprach ihr nicht. Als sie sich über ihn beugte, um sein Kopfkissen aufzuschütteln, berührte ihr üppiger Busen sein Gesicht.

Auch sie machte in ihrem Sessel ein Nickerchen. Sie lebten in dem Zimmer wie zwei Eheleute, die wegen des schlechten Wetters den Sonntag über faulenzen.

Monsieur Mallard hatte ihn heute nicht besucht. Statt dessen erschien jetzt seine Frau, die sich von ihrem Chauffeur Arsène zur Klinik hatte fahren lassen. Sobald sie Dudons ansichtig wurde, schneuzte sie sich.

»Wir hatten solche Angst um Sie.«

Sie setzte sich. Aus der Art, wie sie den Stuhl ans Bett rückte, konnte man ersehen, daß sie an Krankenzimmer gewöhnt war.

»Wenn Sie wüßten, Monsieur Maurice, wie sehr mein Mann und ich uns um Sie gesorgt haben! Zwei Tage lang hat er keinen Bissen heruntergebracht, und wenn ich ihn nicht zur Vernunft ermahnt hätte, wäre er von morgens bis abends in der Klinik gewesen.«

Sie blickte zu Anne-Marie auf, als benötige sie ihre Erlaubnis, um weiterzusprechen.

»Anfangs schien kein Anlaß zur Besorgnis zu bestehen. Der Arzt äußerte sich sehr positiv über Ihren Zustand. Doch als Félicien Sie besuchte, da traten plötzlich die Komplikationen auf, die alles wieder in Frage stellten. Man befürchtete sogar, daß Sie Ihr Leben lang gelähmt blieben. Ob Sie es glauben oder nicht, aber noch heute hatte ich die größte Mühe, meinen Mann zu seinem Mittagessen in Villette zu überreden.«

»Haben wir heute denn Freitag?«

Warum ihn das freute, hätte er selber nicht genau zu sagen gewußt.

»Er braucht unbedingt ein wenig Abwechslung, denn uns trifft ein Schicksalsschlag nach dem anderen. Ich habe es ja immer geahnt!«

Aus ihrem zitternden Mund ersah er, daß sie mit den Tränen kämpfte. Er aber blickte sie weiterhin neugierig, ohne ein Quentchen Mitgefühl an.

»Stellen Sie sich vor, unsere Françoise...«

Sie hielt einen Augenblick inne. Es war ihr peinlich, in Anne-Maries Beisein weiterzusprechen. Doch dann sagte sie sich wohl, daß man vor einer Krankenschwester, wie vor einem Arzt, keine Geheimnisse zu haben braucht.

»Françoise ist wieder zu Hause!« stieß sie schließlich hervor, preßte ihr Taschentuch ans Gesicht. »Vorgestern abend kam sie heim, ganz allein! Noch nie ist sie ohne uns gereist! Völlig unerwartet klingelte sie an unserer Wohnungstür. Wir waren eben vom Tisch aufgestanden. Als ich sie wie eine wildfremde Person mit ihrem Koffer auf dem Treppenabsatz stehen sah, wäre ich beinahe in Ohnmacht gefallen.

Schluchzend fiel sie mir in die Arme. Wir haben den ganzen Abend zusammen geweint. Doch in Gegenwart ihres Vaters wollte sie nichts sagen. Sie jammerte nur andauernd:

›Wenn du wüßtest, Mama! Es ist furchtbar! ...‹

Ich brachte sie zu Bett und machte ihr einen Kräutertee, denn sie zitterte am ganzen Körper. Ich sollte Sie nicht mit unseren Kümmernissen behelligen, jetzt da Sie selber krank sind, aber wir haben Sie doch immer um Rat gefragt. Wir wissen nicht mehr aus noch ein, Monsieur Maurice!«

Hatte Anne-Marie mit Dudon wirklich einen belustigten Blick getauscht, oder war es nur Einbildung? Madame Mallard war fülliger geworden, seit sie nicht mehr selbst im Restaurant kochte, dennoch wirkte sie knochig wie eine Bäuerin. In ihrem schwarzen Seidenkleid und dem Nerzmantel, den sie nicht zu tragen verstand, hätte man sie fast für einen Transvestiten halten können. Selbst ihr braunes Haar, das nie richtig saß, sah aus wie eine Perücke.

»Wir hatten so große Hoffnungen auf Berck gesetzt! Wir waren so zuversichtlich! Sie erinnern sich sicher, daß alle dieses Sanatorium in höchsten Tönen priesen. Die Fachärzte waren sich darin einig, daß sie mindestens zwei Jahre lang dort behandelt werden sollte.

Keine sechs Monate hielt sie es dort aus. Ich besuchte sie fast jede Woche, sie beklagte sich nie. Zwar kam mir ihre Munterkeit manchmal ein wenig gezwungen vor, aber das hatte sie schon in der Klosterschule an sich gehabt. Ich führte es darauf zurück, daß sie sich wegen mir schämte.

Doch, doch! Ich weiß, was ich sage. Ich hätte ihr das nicht übelgenommen. Ihre Mitschülerinnen im Kloster entstammten einem anderen Milieu und machten sich über sie und uns lustig.

Das hat sie mir gestern gestanden, das und alles andere! Sie hatte sich so sehr damit abgequält, daß sie es nicht mehr für sich behalten konnte.

Ermüde ich Sie auch nicht, Monsieur Maurice?«

»Aber nein.«

»Verzeihen Sie, Mademoiselle, daß ich hier alle meine Sorgen auspacke, aber Monsieur Maurice ist unser einziger Freund. Er gehört gleichsam zur Familie. Sie kennen das Leben, und bei Ihnen brauche ich kein Blatt vor den Mund zu nehmen. Bis gestern hätte ich diese Dinge nicht für möglich gehalten, und wenn ich sie nicht aus dem Munde meiner eigenen Tochter erfahren hätte, würde ich sie auch jetzt nicht glauben.

Françoise ist immer aufrichtig gewesen, besonders mir gegenüber. Anscheinend geht es in diesem Sanatorium furchtbar zu. Unbeschreibliches spielt sich dort ab. Man möchte doch annehmen, daß diese Schwerkranken, die oft eingegipst sind und kaum laufen können, alles andere im Sinn haben, als sich auf diese Art zu verlustieren.

Ganz im Gegenteil! Sie sind nur auf eines aus, Sie wissen schon, was ich meine. Das Sanatorium nimmt männliche und weibliche Patienten auf, die sich nicht nur tagsüber, sondern auch nachts Besuche abstatten, notfalls sogar in dem Wägelchen, in das sie gebettet sind.

Zu Anfang wollte Françoise es auch nicht glauben. Wie es dort üblich ist, teilte sie das Zimmer mit einer anderen Patientin, einem jungen Mädchen aus einer der besten Dijoner Familien, dem ich jedesmal Schokolade mitbrachte. Schon nach einigen Tagen hat diese Person – ich finde kein anderes Wort für so jemanden – sich erdreistet, in Gegenwart meiner Tochter Männerbesuche zu empfangen.«

Nunmehr wandte sie sich vornehmlich an Anne-Marie, als könne eine Frau ihre Entrüstung besser nachempfinden.

»Ich brauchte Stunden, um das alles aus ihr herauszubringen. Und ich bin nicht einmal sicher, das Schlimmste erfahren zu haben. Françoise befürchtete, daß ich Anzeige erstatten oder ihr Vater Krach schlagen würde. Ich habe ihr versprechen müssen, darüber Stillschweigen zu bewahren. Nur mit größter Mühe konnte ich meinen Mann davon abhalten, mit dem ersten Zug nach Berck zu fahren.

Alles spielte sich vor ihren Augen ab, Mademoiselle! Ist eine solche Schamlosigkeit nicht unvorstellbar? In der ersten Zeit machten sie wenigstens das Licht aus, doch dann taten sie sich keinen Zwang mehr an und ließen die Lampe absichtlich brennen. Noch dazu war es nicht immer derselbe Junge.

So soll es in den meisten Zimmern zugehen. Die Krankenschwestern – Pardon! – wissen das und tun die

Sache mit einem Lächeln ab, als sei das Ganze das Natürlichste von der Welt.

Trotz meines Drängens wollte Françoise mir nicht sagen, was am Schluß vorgefallen ist. Sie deutete nur an, daß sie das Leben dort nicht mehr ertragen konnte. Vielleicht ist es besser, daß ich nicht alles weiß, ich würde mich sonst zu sehr aufregen.

Jedenfalls hat mein armes Kind ihren Koffer gepackt und ist, ohne jemandem ein Wort zu sagen, ganz allein weggelaufen.

Aus Angst, daß man sie nicht fortlassen würde, verließ sie die Klinik heimlich durch die Gartenpforte.

Sie will um keinen Preis mehr in ein Sanatorium. Der Professor aber, den wir heute morgen konsultiert haben, besteht darauf, daß wir sie von Paris weg und an einen Ort bringen, wo sie unter ständiger ärztlicher Überwachung steht.

So sieht es jetzt bei uns aus, Monsieur Dudon. Sie kennen meine Tochter von Kindheit an. Sie wissen, daß man ihr Glauben schenken kann, daß sie sich nicht in dramatische Situationen hineinsteigert ...«

Beim Weggehen tupfte sich Madame Mallard die Augen, entschuldigte sich noch einmal, daß sie sie mit ihren häuslichen Kümmernissen behelligt hatte. Sie war schon an der Tür, als sie Anne-Marie bedeutete, ihr in den Flur zu folgen, wo die beiden Frauen eine Weile miteinander tuschelten.

Er sah sofort, daß Anne-Marie etwas in der geschlossenen Hand hielt und fragte sie ohne Umschweife:

»Was ist das?«

»Das können Sie sich doch denken!«

Um ihr zu beweisen, daß er nicht auf den Kopf gefallen war, sagte er:

»Wieviel?«

Sie öffnete ihre Hand und ließ einen zerknüllten Fünftausendfrancschein auf den Tisch fallen.

»Ich konnte es ihr nicht abschlagen! Sie hätte sonst gemeint, daß sie mich gekränkt hat. Sie wußte nicht so recht, wie sie es anstellen sollte. Sie legte mir ans Herz, Sie gut zu pflegen, Sie nicht allein zu lassen, damit Sie nicht Trübsal blasen. Während sie redete, nestelte sie an ihrer Handtasche. Als sie mir die Hand gab, spürte ich den Geldschein.«

Sie setzte hinzu:

»Die arme Frau!«

Doch ihre Stimme klang durchaus munter. Sie empfand kein wirkliches Mitleid für sie. Dudon ebensowenig. Kein Mensch tat ihm mehr leid.

Daß ausgerechnet Freitag war, spielte dabei kaum eine Rolle. Was sich nun ereignete, bildete den natürlichen Ausklang eines glücklichen Tages.

Er hatte zu Abend gegessen und sich wiederum über das prächtig garnierte Tablett gefreut. Ein wenig später vernahmen sie eilige Schritte, ein unruhiges Kommen und Gehen im Flur. Anne-Marie, die eben den letzten Bissen in den Mund steckte, runzelte die Brauen, lauschte eine Weile und ging dann nachsehen.

»Was ist los?« fragte er, als sie zurückkam.

»Nichts. Ein Patient.«

»Tot?«

Sie zuckte die Achseln.

»Ich sollte es Ihnen eigentlich nicht sagen, aber da Sie es ohnehin erraten haben. Wenn Sie das beruhigt...«

»Ich bedarf keiner Beruhigung.«

»Um so besser! Der Patient ist zweiundsiebzig Jahre alt und liegt seit acht Monaten mit einer unheilbaren Krankheit hier. Schon seit einer Woche muß er künstlich beatmet werden. Seine Angehörigen werden gleich herbeieilen.«

Daß jemand, sei er nun alt oder jung, im Zimmer nebenan gestorben war, beeindruckte ihn nicht im geringsten.

»Ist diese Françoise, von der eben ständig die Rede war, eigentlich hübsch?«

»Nein.«

»Häßlich?«

»Ziemlich.«

»Weiß sie das?«

»Ich glaube schon.«

Damit war das Thema abgeschlossen. Sie verlor kein Wort über die Klinik in Berck-sur-Mer. Wie jeden Abend räumte sie das Zimmer auf. Bevor sie sich in ihren Sessel setzte, fragte sie:

»Soll ich Ihnen nicht ein wenig vorlesen? In einem oder zwei Tagen können Sie selber lesen, aber heute sollten Sie es lieber noch sein lassen, denn der Tag war recht anstrengend.«

»Nein, lieber nicht.«

Jetzt da seine Lebensgeister erwacht waren, hatte sie Hemmungen, sich in ein Buch zu vertiefen.

»Lesen Sie ruhig«, sagte er mit Nachdruck.

»Möchten Sie nicht schlafen?«

»Später.«

Es war erst acht Uhr. Er genoß es, reglos in seinem Bett zu liegen, seine Blicke im Zimmer umherschweifen zu lassen, sich an dem schummrigen Licht zu ergötzen, das ihm lange wie ein Rettungsring erschienen war.

Sie las mit geneigtem Kopf. Ihr Atem ging regelmäßig. Von Zeit zu Zeit blickte sie zu ihm hinüber und lächelte ihm zu.

Das alles war neu und berückend. Selbst das Knistern des Papiers, wenn sie in regelmäßigen Abständen die Seiten umwandte, fand er ergötzlich. Es herrschte eine solche Stille im Raum, daß er das Ticken der Armbanduhr wahrnahm, die sie vor sich auf den Tisch gelegt hatte und auf die sie dann und wann einen Blick warf.

»Jetzt ist es Zeit für Ihr Medikament und Ihre Toilette.«

Er widersprach nicht. Vertrauensvoll und glücklich sah er ihr entgegen, als sie an sein Bett trat. Jeden Abend wusch sie ihm das Gesicht und die Hände mit kaltem Wasser, zog ihm eine frische Pyjamajacke an und rieb ihm den Rücken mit Kölnisch Wasser ein, um seine Gliederschmerzen zu lindern.

Das waren die schönsten Augenblicke für ihn, aber heute spielte er zum erstenmal nicht den Bewußtlosen.

Es schien sie auch gar nicht zu stören, daß ihr üppiger Busen bei ihren Verrichtungen sein Gesicht oder seine Hände streifte.

Warum waren sie so vergnügt an jenem Abend, was

nach außen hin kaum in Erscheinung trat, sich nur in ihren blitzenden Augen widerspiegelte?

»Sie sind schon ein witziger Knabe.«

Daß Sie nicht ›Mann‹ gesagt hatte, fand er reizend.

»Und Sie ein liebes Mädchen.«

»Meinen Sie?«

»Und ob!«

In diesem Augenblick waren sie einander sehr nahe. Jetzt mußte Anne-Marie ihn nur noch zudecken, bevor sie sich selber schlafen legte.

Er machte keine Bewegung, bettelte nicht. Er sah sie nur mit glücklichen Augen an, in denen ein seltsames Flämmchen tanzte.

Sie zog ihm die Decke mit einer Hand bis unters Kinn hoch, während die andere, warm, lebendig und ein wenig feucht, unter dem Laken verweilte. Zum erstenmal in seinem Leben sah er einer Frau während der ganzen Zeit lächelnd, ohne jede Scham ins Gesicht.

4

Ohne Hast, ohne einander zu drängen, in behutsamen kleinen Schritten, wobei Blicke eine ebenso wichtige Rolle spielten wie Wörter, machten sie sich miteinander vertraut, was dem routinemäßigen Ablauf der Tage einen heiteren Hintergrund verlieh.

Am ersten Abend – diese Bezeichnung hatte Dudon sogleich für sich eingeführt – machte Anne-Marie ihm ein Geständnis, das sein Herz höher schlagen ließ. Eben hatte sie sich mit einem seltsamen Lächeln auf den Lippen aufgerichtet, während er für einen Augenblick die Lider schloß. Dann betrachtete er sie lange. Später sollte sie noch manchesmal die Rede darauf bringen, sein Mienenspiel imitieren, seinen kindlichen Ausdruck im Gesicht, in dem sich sowohl Dankbarkeit malte als auch die Verlegenheit des Mannes, der sich seiner Eigensüchtigkeit schämt.

Er murmelte:

»Und Sie?«

»Ich?«

Natürlich wußte Sie, was er meinte. Sie zögerte, bevor sie mit ihrer Antwort herausrückte:

»Ich bin schon auf meine Kosten gekommen.«

»Wann?«

»Heute morgen.«

»Wer?«

»Der Doktor.«

Auch in der Folge sollten sie sich, wenn sie auf bestimmte Themen zu sprechen kamen, mit solchen kurzen Fragen und lapidaren Antworten begnügen. Mehr brauchten sie nicht, denn das Fehlende wußten sie sehr wohl zu ergänzen. Mitunter erübrigten sich Worte ganz und gar, ein kaum merklicher Wechsel des Gesichtsausdruckes oder ein Augenzwinkern genügten vollauf.

Doch das Wort »Doktor« hatte ihn aufhorchen lassen.

»Doktor Jourdan?«

»Warum nicht?«

Diese Eröffnung befremdete ihn. In seinem Geiste sah er das Gesicht des rothaarigen Arztes dicht über seinem eigenen: seine großporige Haut, die buschigen Augenbrauen, die dicken Brillengläser. Dieses Bild wollte gar nicht zu dem passen, was Anne-Marie ihm eben gestanden hatte. Dazu kam noch, daß der Doktor am Morgen die Tür nur einen Spaltbreit geöffnet hatte und, schon mit dem Hut auf dem Kopf, fortgeeilt war.

»Aber er ist doch gar nicht geblieben«, wandte er ein.

»Das geht schnell.«

»Wo?«

»Im Ärztebüro am Ende des Flurs.«

»Hat er nur hereingeschaut, um Sie zu sich zu rufen?«

»Ja.«

Er lag noch lange wach und kostete seine Entdekkung aus. Denn er war nicht eifersüchtig. Zu wissen, daß der Chirurg solche Dinge trieb, befriedigte ihn zutiefst. Er fühlte sich ungeheuer beschwingt. Sie entkleidete sich vor ihm, während sie früher dazu ins Badezimmer gegangen war. Er betrachtete sie ohne Begierde, ohne Hintergedanken, er verspürte nichts weiter als ein duftiges Lustgefühl, ein köstliches, sanftes Prickeln in seinem ganzen Körper, als nähme er ein lauwarmes Bad.

Vor allem ihr Anblick, wie sie sich in ihrem weißen, prall gefüllten Höschen vor dem Spiegel das Haar bürstete, bevor sie in ihr blaugetupftes Nachthemd schlüpfte, grub sich in sein Gedächtnis ein.

»Gute Nacht.«

Seit er nicht mehr bei seiner Mutter lebte, hatte ihm niemand mehr eine gute Nacht gewünscht. Seine Mutter freilich konnte es nicht lassen, ihm, während er schon in Halbschlummer versunken war, wegen irgendeines Versäumnisses Vorwürfe zu machen oder ihn mit Ermahnungen, den nächsten Tag betreffend, zu überhäufen.

»Gute Nacht«, antwortete er.

Das mußte er noch einmal auskosten, und so hauchte er zehn Minuten später, aber so leise, daß er sie, falls sie schon schlief, nicht weckte:

»Gute Nacht.«

Noch fühlte er sich ein wenig unbeholfen, doch er war zuversichtlich. Er verbrachte viele Stunden damit, von seinem Bett aus sein neues Reich ohne jede Voreingenommenheit zu erkunden. Alles war für ihn von Interesse, angefangen mit den Geräuschen, die aus den anderen Klinikräumen zu ihnen drangen, bis zu Anne-Maries Fragen. So vermochte ihn zum Beispiel eine lächerliche Kleinigkeit zu fesseln: Der Aufzug befand sich gleich neben seinem Zimmer, und er horchte immer auf, sobald er in Gang gesetzt wurde. Erst vernahm er das leise Klicken im Erdgeschoß, das von der automatisch sich schließenden Tür herrührte, dann folgte ein kaum hörbares saugendes Geräusch und schließlich das Klicken der oberen Tür.

»Einen so leisen Aufzug gibt es ja nicht einmal in den großen Warenhäusern.«

»Die Patienten hier sind sehr anspruchsvoll.«

Sie behandelte ihn nicht wie ein Kind. Keine Spur von Herablassung oder Beschützermiene. Sie war wirklich darauf gespannt, was er sagen würde, als wäre er ein Phänomen.

»Sagen Sie mal, Monsieur Maurice...«

»Ja...«

»Sie haben wohl noch nie mit einer Frau zusammengelebt?«

»Nein, nie. Nur mit meiner Mutter.«

»Haben Sie auch nie mit jemandem im selben Bett geschlafen?«

»Nein.«

»Warum nicht?«

Es freute ihn, daß sie ihn ausfragte, denn er wußte, daß nicht nur Neugier sie dazu trieb.

»Ich weiß nicht. Es kam mir einfach nicht in den Sinn. Es ergab sich auch keine Gelegenheit dazu.«

»Hatten Sie denn keine Geliebte?«

»Nein.«

»Das habe ich mir fast gedacht. Haben Sie denn schon einmal eine Frau geküßt?«

»Nein, noch nie.«

Während sie sich mit ihm unterhielt, machte sie sich immer mit etwas zu schaffen, mit den kleinen Verrichtungen, die einen ganzen Tag ausfüllen, so daß immer wieder Pausen entstanden.

»Wie haben Sie es also angestellt?«

»Das können Sie sich doch denken.«

»Haben Sie sie auf der Straße aufgelesen?«

»Nein, nicht einmal das.«

»In einem öffentlichen Haus?«

»Ja.«

»Ist das nicht recht schwierig, seit Puffs verboten sind?«

»Ich kenne eines.«

»Gehen Sie immer in dasselbe?«

»Ja.«

Es war ihm durchaus bewußt, wie sehr er sich entblößte, als er hinzusetzte:

»In der Rue Choron.«

»Passierte der Unfall vorher oder hinterher?«

»Hinterher.«

Das brachte sie zum Lachen. Überhaupt lachte oder lächelte sie bei jeder Gelegenheit, und er lächelte mit ihr über Nichtigkeiten. Gegen zehn Uhr morgens trat die Oberschwester in sein Zimmer, nachdem sie hatte anfragen lassen, ob ihre Visite ihm genehm sei. Sie war eine aristokratisch wirkende alte Dame, die beim Sprechen die Lippen vorstülpte, als lutsche sie ein Bonbon.

»Nun da es Ihnen besser geht, werde ich mir erlauben, jeden Tag bei Ihnen vorbeizuschauen, um mich zu vergewissern, daß es Ihnen an nichts fehlt.«

Am liebsten hätte er ihr wie einer Ordensschwester geantwortet:

»Ja, ehrwürdige Mutter!«

Kaum hatte sie das Zimmer verlassen, als er Anne-Marie fragte:

»Weiß sie davon?«

»Wovon?«

»Vom Doktor?«

»Sie hat uns vor vier Tagen dabei überrascht.«

»Hat sie etwas gesagt?«

»Was hätte sie denn sagen sollen?«

Mit einer gewissen Ungeduld harrte er der Visite des Arztes. Jetzt lag ihm viel daran, ihn wiederzusehen, denn nun erschien er ihm nicht mehr wie ein geheimnisvolles, eher angsteinflößendes Wesen, sondern als ein Mensch wie jeder andere.

»Ist er verheiratet?«

»Ja, und Vater von drei Kindern. Die Älteste ist bildhübsch.«

Jourdan erschien im weißen Kittel, das Stethoskop umgehängt. Er schenkte Anne-Marie überhaupt keine Beachtung. Er war vierzig oder fünfundvierzig Jahre alt. Von der Pflegerin hatte Dudon erfahren, daß er eine schöne Wohnung in der Gegend der Champs-Elysées hatte und sich für Rennwagen passionierte.

Ausgezeichnet! Ganz ausgezeichnet. Die ersten Bilder aus einer Welt, in die er nun endlich aufgenommen wurde.

»Keine Schmerzen seit gestern?«

»Keine Schmerzen, Doktor.«

»Keine Schwindelgefühle? Keine Alpträume?«

»Ich habe mich noch nie so beschwingt gefühlt.«

Aus nächster Nähe wirkten die Augen des Arztes hinter den Brillengläsern riesengroß. Jetzt aber wußte er, daß Jourdan, sobald er sie abnahm, nichts weiter war als ein schlaksiger, ein wenig unbeholfener Bursche.

Später, gegen elf Uhr, nachdem die diesmal verspätete Putzfrau sich endlich entfernt hatte, sprach er Anne-Marie darauf an.

»Hat er die Initiative ergriffen?«

Sie begannen bereits die Spielregeln zu beherrschen, denn weitere Erklärungen erübrigten sich.

»Nein.«

»Sie?«

»Auch nicht.«

»Wie war es dann?«

»Er sah mich an, wurde ein wenig rot und nahm seine Brille ab. Dann räusperte er sich und faßte mich um die Taille.«

»Woher wußte er, daß ...«

»Daß ich nichts dagegen hatte?«

»Ja.«

»Er hat mich angeschaut, und dann funkte es.«

»Das ist toll.«

»Was ist toll?«

»Alles.«

Es hatte aufgehört zu regnen, doch über den Dächern segelten eilige Wolken dahin, durch die dann und wann ein schräger Sonnenstrahl blitzte. Jenseits des Baumes wurde der Garten von einer fensterlosen Mauer abgeschlossen, der Flanke eines sechs- oder siebenstöckigen Hauses. Um die häßlichen Backsteine zu verdecken, hatte man die Mauer mit einem grüngestrichenen Holzgitter verkleidet, wie man sie oft an Häusern anbringt, damit sich dort Efeu oder Weinlaub hochranken kann. Hier gab es keinen Efeu. Hier war es purer Luxus.

Um halb zwölf bekam er Besuch. Herein trat Madame Lenfant, die Concierge aus der Rue du Saint-Gothard, die er noch nie mit einem Hut auf dem Kopf gesehen hatte. Sie erinnerte ihn an eine jener ältlichen Frauen in schmuddeligen und formlosen Röcken, die mit der Sammelbüchse in den Kirchen herumgehen. Zögernd und mißtrauisch trat sie auf ihn zu, denn den prunkvollen Rahmen hier empfand sie als eine persönliche Beleidigung oder als eine Falle, in die sie sich hatte locken lassen.

»Es soll Ihnen ja endlich besser gehen.«

Ihre Bemerkung klang eher vorwurfsvoll als teilnehmend. Die Art aber, wie sie ihn ansah, und der scharfe Blick, mit dem sie Anne-Marie musterte, erschienen ihm förmlich als die Quintessenz der Welt, der er früher angehört hatte.

»Wenn nicht die Polizei gekommen wäre, hätte ich nicht einmal erfahren, daß Sie einen Unfall hatten. Beabsichtigen Sie, bald zurückzukommen? Sie sind ja schon wieder ganz munter!«

»Ich glaube nicht.«

»Ich bin wegen des Schlüssels hier. Als Sie weggingen, haben Sie Ihr Fenster offengelassen. Der Regen ist durch den Fußboden gesickert und hat an der Decke der unteren Wohnung häßliche Flecke hervorgerufen. Die Leute beschweren sich jetzt. Sie wollen sich an den

Hausbesitzer wenden, und das ist ihr gutes Recht. Ich habe keine Lust, in Ihre Wohnung zu gehen, da Sie ja immer so ängstlich darauf bedacht waren, niemanden zu sich hereinzulassen, aber es geht nicht an, daß es weiterhin ins Haus regnet.«

Er wandte sich zu Anne-Marie:

»Wissen Sie, wo meine Sachen sind?«

»Im Wandschrank.«

Nie hätte er gedacht, daß seine Kleider ganz in seiner Nähe waren. Seinem Gefühl nach hatten sie hier nichts zu suchen, man hätte sie weiß Gott wo verstauen sollen.

»Könnten Sie mir den Schlüsselbund herüberreichen?«

Wie seltsam sich die glatten, geradezu lebendigen Schlüssel in seiner Hand anfühlten! An dem Ring hingen zahlreiche Schlüssel, unter anderem auch der zu Mallards Büroräumen und der kleine Safeschlüssel, der durch seinen Glanz von den anderen abstach. Zum Glück besaß Félicien Mallard einen Zweitschlüssel. Ob Mademoiselle Tardivon am Morgen nach seinem Unfall wohl lange auf dem Treppenabsatz gewartet hatte?

»Hier ist mein Wohnungsschlüssel, Madame Lenfant.«

»Ich möchte nachdrücklich darauf hinweisen, daß ich nichts bei Ihnen anrühre, außer dem Fenster. Das Fräulein ist mein Zeuge!

Ich stecke meine Nase nicht in anderer Leute Angelegenheiten!«

»Das ist nicht von Belang.«

»Vielleicht nicht für Sie, für mich aber sehr wohl, schließlich habe ich auf meinen Ruf zu achten.«

»Ich wollte Sie nicht kränken.«

»Das möchte ich auch hoffen.«

Sie hatte ein Bein angehoben wie ein Storch und blickte auch mit dessen runden, starren Augen im Zimmer umher.

»Nun, dann wünsche ich gute Besserung.«

Es war ihm eigentlich ganz lieb, daß sie gekommen war. So vermochte er den Weg zu ermessen, den er inzwischen zurückgelegt hatte, denn es sah gerade so aus, als hätte es die Concierge darauf angelegt, ihm eine Karikatur der Welt vorzuführen, der er nunmehr entronnen war.

Vor allem aber freute es ihn, daß Anne-Marie den Auftritt miterlebt hatte, denn nun erübrigte sich jede weitere Erklärung. Auch wenn sie ihn auf Anhieb verstand, so gibt es doch Dinge, deren Ausdünstung man sozusagen mit der eigenen Nase erschnuppern muß.

Wie recht er hatte, ersah er aus ihrem nachdenklichen Gesichtsausdruck, als sie wieder ins Zimmer trat, nachdem sie Madame Lenfant zum Aufzug begleitet hatte.

»Haben Sie lange in diesem Haus gelebt?«

»Achtzehn Jahre.«

»Wo ist es?«

»Ecke Rue du Saint-Gothard und Rue Darieu. Es ist ein häßliches altes Gebäude mit sieben Stockwerken. Jedes Geschoß umfaßt zwei Wohnungen, und der abgetretene Läufer reicht nur bis zum dritten Stock. Unter den Fenstern fahren die Züge vorbei.«

»Und da sind Sie so lange geblieben?«

»Ja.«

»Fühlten Sie sich dort wohl?«

Auch er war mit einem Male ernst geworden.

»Ja.«

»Und diese Frau führte Ihnen den Haushalt?«

»Nein, das tat ich selber.«

»Am Samstagnachmittag?«

»Nein, am Sonntagmorgen.«

»Haben Sie jeden Tag Ihr Bett gemacht?«

»Ja, und gekocht habe ich auch.«

»Wollen Sie dorthin zurückkehren?«

»Nie im Leben!«

»Hatten Sie Ihre eigenen Möbel?«

»Was glauben Sie?«

»Ich meine schon.«

»Sie haben gewonnen.«

»Sind sie sehr scheußlich?«

»Sie gleichen aufs Haar denen bei meiner Mutter. Dann können Sie sich ja ein Bild davon machen.«

»Allerdings.«

»Und Sie, haben Sie eigene Möbel?«

»Nein.«

»Warum nicht?«

»Bei mir ist es genau umgekehrt. Ich habe ein möbliertes Appartement ganz in der Nähe der Avenue de la Grande-Armée. Eine Küche ist zwar dabei, aber ich mache mir dort eigentlich nur das Frühstück.«

»Ist es hübsch bei Ihnen?«

»Sehr modern.«

»In ähnlichem Stil wie bei Ihren Eltern?«

»Überhaupt nicht.«

Das war ein bißchen viel auf einmal. Sie hatten Zeit in Hülle und Fülle. Anne-Marie ließ ihn fast eine Stunde allein.

»Der Doktor?« fragte er bei ihrer Rückkehr.

»Heute nicht. Im übrigen operiert er gerade.«

»Ein anderer?«

»Ich mußte mit jemandem telefonieren, aber nicht von hier aus.«

Sie konnten also kleine Geheimnisse voreinander haben, ohne daß ihre Beziehung darunter gelitten hätte.

Er aß zu Mittag. Dann schlief er ein Weilchen, und auch sie nickte ein. Er erwachte vor ihr und verspürte geradezu Rührung über die regelmäßigen Atemzüge der Schlafenden, die mit hochgelegten Beinen im Sessel saß. Es war Samstag. Er hatte mit dem Besuch von Félicien Mallard gerechnet, wunderte sich, daß dieser noch nicht eingetroffen war.

»Kennen Sie Monsieur Lacroix-Gibet gut, Mademoiselle Anne-Marie?«

»Warum sagen Sie Mademoiselle zu mir?«

»Ich werde es schon noch lernen.«

»Er nannte mich ›Anne-Marie, mein Herzchen‹ oder einfach ›Kleines‹. Können Sie sich jetzt ein Bild machen?«

»Nein.«

»Manche Männer nennen alle Frauen, die nicht ihren Kreisen angehören, einfach ›Kleines‹.«

Er ließ sich diese Enthüllungen durch den Kopf gehen.

»Mit ihm auch?«

»Das gehört halt dazu.«

»Warum?«

»Das ist schwer zu erklären, aber Sie werden es schon noch von selber begreifen.«

»Hat er seine Frau wegen ihres Geldes geheiratet?«

»Gut möglich.«

»Betrügt er sie?«

»Er tut nichts anderes, so daß man sich manchmal fragt, wann er die Zeit findet, um seinen Verpflichtungen in der Firma und im Stadtrat nachzukommen.«

»Ist seine Frau eifersüchtig?«

»Er ist ihr völlig gleichgültig. Sie lebt in höheren Regionen, in einem Zirkel von Künstlern aus aller Herren Länder, Malern, Bildhauern und Musikern. Sie ist spindeldürr, zieht sich extravagant an und tritt stets mit einer elfenbeinernen Zigarettenspitze auf. Außerdem betrinkt sie sich fast jede Nacht.«

»Ist sie auch ganz bestimmt nicht eifersüchtig?«

»Dazu kennt sie ihn zu gut.«

»Was wollen Sie damit sagen?«

»Daß er ohne möglichst verwickelte Abenteuer nicht leben könnte. Wahrscheinlich spielt seine Eitelkeit dabei eine große Rolle. Er interessiert sich nur für Frauen von Welt, die mit Aristokraten oder einflußreichen Männern verheiratet sind. Er meint wohl, daß er auf diese Weise größere Hindernisse überwinden muß. Andauernd zittert er vor einem Skandal. Als er hier lag, tätigte er ständig geheimnisvolle Anrufe. Alle, selbst seine Sekretärin, mußten das Zimmer verlassen, und er bezichtigte die Telefonistin, die Gespräche abzuhören. Außerdem hat er die Schwäche, an die Frauen zu schreiben, so daß er andauernd hinter kompromittierenden Briefen herjagt.«

»Hat er Sie ins Vertrauen gezogen?«

»Nicht direkt, aber ein Mann, vor allem, wenn er krank ist, hat das Bedürfnis, sich auszusprechen.«

»So wie ich?«

»Sie reden ja kaum. Ich verstehe Sie trotzdem, aber das ist etwas anderes. Außerdem sind Sie nicht zimperlich.«

»Ist er es denn?«

»Sie haben ihn selber als einen Schlappschwanz bezeichnet. Ich wunderte mich schon, daß Sie das herausgefunden haben. Wenn man ihn mal fünf Minuten allein ließ, läutete er sogleich Sturm. Sie haben übrigens nie nach mir geläutet.«

»Ich wußte gar nicht, daß es eine Klingel gibt.«

»Der Klingelknopf hängt über Ihrem Bett.«

»Warum läutete er nach Ihnen?«

»Weil er Schmerzen hatte oder Angst.«

»Wovor hatte er Angst?«

»Vor dem Tod. Er ließ andauernd Analysen und Tests machen, er sorgte sich um sein Herz, seine Leber, seine Nieren. Am meisten ängstigte ihn die Vorstellung, er würde impotent werden.«

»Bestanden denn Gründe dafür?«

»Soviel ich weiß, hat er eine einigermaßen normale Konstitution. Aber die Männer sind in diesem Punkte immer eigen.«

Es verstrich eine gute Viertelstunde, bis sie wieder auf dieses Thema zurückkam. Zum erstenmal schien sie nicht recht mit der Sprache herausrücken zu wollen.

»Sie wissen doch etwas, nicht wahr?«

Er sagte weder ja noch nein, und sie schloß daraus, daß sie richtig geraten hatte.

»Mir schwante so etwas, als er jeden Tag anrief, um sich nach Ihrem Befinden zu erkundigen, und uns Ihr Wohlergehen so sehr ans Herz legte. Gestern stellte er mir eine Frage.«

Er zeigte keine Neugier.

»Er wollte wissen, ob Sie im Fieber gesprochen und was Sie gesagt haben.«

»Habe ich denn geredet?«

»Ja, von Sünden.«

»Sonst von nichts?«

»Das war ungefähr das einzige Wort, das ich verstehen konnte, denn diese beiden Silben kamen ständig wieder. Er schien erleichtert, als ich ihm versicherte, nichts gehört zu haben. War er Ihnen denn vorher wirklich nicht bekannt?«

»Nein.«

Sie sah ihm eine Zeitlang aufmerksam ins Gesicht, befand dann, daß er die Wahrheit gesagt hatte.

»Dann täusche ich mich wohl.«

»Nein.«

»Wissen Sie etwas über ihn?«

»Erst seit gestern. Er befürchtet, daß ich die Frau erwähne, die bei ihm im Auto saß und nach dem Unfall verschwand.«

»Sind Sie ganz sicher, daß eine Frau bei ihm war?«

»Ja. Ich sehe sie noch so deutlich vor mir, als hätte ich sie fotografiert.«

»Haben Sie sie erkannt?«

»Nein, sie ist mir völlig unbekannt. Sie trug einen weißen Hut.«

Lange Minuten verstrichen. Dann war es Zeit für den Tee. Aus dem Nebenzimmer drang Stimmengemurmel zu ihnen. Dort lag eine junge Frau, die jeden Nachmittag ihre beiden Kinder bei sich hatte. Sie wurden von der Gouvernante hergebracht. Dudon hatte den Buben und das Mädchen durch die halbgeöffnete Tür im Flur gesehen. Sie waren herausgeputzt wie für einen festlichen Umzug.

Anne-Marie kam noch einmal auf das Thema zurück.

»Warum haben Sie mir das eigentlich erzählt?«

»Sie meinen die Sache mit Monsieur Lacroix-Gibet?«

»Und wenn ich ihn nun davon in Kenntnis setze? Sie wissen doch, daß ich seine Frau und ihn betreut habe.«

»Das ist etwas anderes.«

Daß er ihr so unbedingt vertraute, rührte sie. Gleich darauf fand sie irgendeinen Grund zum Lachen, um die Atmosphäre zu entspannen. Ein Besuch wurde gemeldet. Zwar war es nicht Mallard, aber dennoch ein Lebenszeichen aus der Rue Turbigo.

Mademoiselle Tardivon, in großem Staat, blieb einen Augenblick wie angewurzelt unter der Tür stehen. In der einen Hand hielt sie ein Veilchensträußchen, in der anderen ein Taschentuch. Ihre Nase war gerötet. Sie sprudelte ihre ersten Worte nur so heraus:

»Ich sollte wohl nicht zu nahe an Sie herantreten, sonst bekommen Sie noch meinen Schnupfen.«

Ihre Stimme war völlig verändert. Sie sprach durch

die Nase, ihre Augen tränten, als hätte sie eben Zwiebeln geschält. Sie sah wirklich aus wie ein Häufchen Elend. Sie blickte von einem zum anderen, schließlich hielt sie Anne-Marie den Strauß hin.

»Sie brauchen Wasser.«

Es waren die ersten Blumen, die man ihm brachte. Er wechselte einen Blick mit Anne-Marie, der jeden Mitgefühls entbehrte. So hatten sie sich schon nach dem Lamento der Madame Mallard angesehen.

»Im Namen aller Angestellten soll ich Ihnen gute Besserung wünschen und Ihnen sagen, daß das Büro uns ohne Sie ganz verwaist vorkommt.«

Das war eine Lüge. Sie konnten ihn nicht ausstehen. Alle hatten einen Pik auf ihn. Die jüngeren Angestellten imitierten ihn hinter seinem Rücken und behaupteten – ob zu Recht oder nicht, das blieb dahingestellt –, er stinke nach einem alten Ziegenbock. Er wußte das, weil er hinter seiner Abschirmung ihre Gespräche belauscht hatte.

»Sie sehen gut aus, gar nicht wie jemand, der so Schlimmes durchgemacht hat.«

»Ich bin in meinem Leben noch nie so glücklich gewesen.«

Mit voller Absicht sagte er etwas Ungehöriges, das sie völlig aus dem Konzept brachte.

»Nun ja! Ich sollte wohl nicht allzu lange bleiben, schon wegen meines Schnupfens. Es wäre wirklich zu dumm, Sie noch damit anzustecken.«

Sie mußte sich ausgiebig schneuzen, was sie in Verlegenheit brachte. Vorwurfsvoll blickte sie auf Anne-Maries straffe Bluse und ihre blühenden Wangen.

»Hoffentlich bis bald, Monsieur Maurice.«

Er hätte wetten mögen, daß sie, während sie den Hof durchquerte und dann auf dem Bürgersteig in Richtung der nächsten Metrostation dahinschritt, böse Worte gegen Anne-Marie ausstieß, die ihre instinktive Abneigung erregte. Am Montagmorgen würde sie im Büro ihre Galle verspritzen und schon gleich am selben Abend bei ihrer Mutter losschimpfen, mit der sie in der Rue Picpus, über einem Eisenwarengeschäft, eine Wohnung teilte.

Anne-Marie und er verloren kein Wort über sie. Er ließ seine Gedanken schweifen und fragte sie schließlich:

»Sind Sie in Paris geboren?«

»Nein, in Nantes.«

Es interessierte ihn, was für einer Familie sie entstammte. Sie erzählte es ihm von sich aus.

»Mein Vater ist Ordinarius für Chemie.«

»Lebt er noch?«

»Natürlich. Er ist erst fünfundfünfzig.«

»Haben Sie noch Geschwister?«

»Vier Schwestern.«

»Alle jünger als Sie?«

»Ich bin die zweitälteste. Die Jüngste geht noch ins Lyzeum. Sie ist die Schlimmste.«

Zu gegebener Zeit würde er alles erfahren. Er machte nicht einmal den Versuch, sich auf einen Schlag ein Gesamtbild zu machen, dazu war er noch nicht in der Lage. Es drängte ihn auch nicht, wenigstens eine Ecke des Puzzles zusammenzusetzen. Es war viel amüsanter, dem Zufall freie Hand zu lassen. Ständig wechselten sie das Thema und warfen die Teile des Puzzles durcheinander, nur um das Spiel spannender zu machen.

»Wie nimmt es Ihr Vater auf?«

Mehr sagte er nicht. Das war auch nicht nötig.

»Er hat sich schon seit langem damit abgefunden. Haben Sie im selben Raum gearbeitet wie das Fräulein?«

»Warum?«

»Weil sie eine Rothaarige mit starker Schweißabsonderung ist.«

»Ich hatte einen Winkel für mich, eine Art Käfig, der mit Stellwänden umgeben war. Ich sah die anderen nur durch das Schalterfenster.«

»Das habe ich mir gedacht. Da kommt Ihr ehemaliger Chef.«

»Woher wissen Sie das?«

»Ich erkenne ihn an seinem Schritt.«

Sie übertrieb nicht. Sie besaß nicht nur die besondere Fähigkeit, die Leute am Schritt zu erkennen, sondern sie hatte überhaupt ein sehr feines Ohr. Wenn in der Klinik eine Tür geöffnet wurde, vermochte sie auf Anhieb zu sagen, um welche Zimmertür es sich handelte. Sobald ein Auto in den Hof einfuhr, eine Wagentür zugeschlagen wurde, wußte sie, welcher Arzt eben eingetroffen war.

Anstatt Blumen brachte Félicien Mallard ihm einen riesigen Korb mit Früchten, den er in einem Feinkostgeschäft am Place de la Madeleine erstanden hatte.

»Man sagte mir am Telefon, daß Sie inzwischen essen dürfen. Meine Frau entschuldigt sich dafür, daß sie nicht schon gestern auf den Gedanken gekommen ist,

Ihnen Früchte zu besorgen. Freilich konnte sie nicht ahnen, daß es Ihnen bereits so gut geht.«

Er hatte ein zweites Päckchen in der Hand und wandte sich ein wenig verlegen Anne-Marie zu.

»Ich habe mir erlaubt, Ihnen ein Fabrikat unserer Firma mitzubringen.«

Es war eine von Mallards Gänseleberpasteten. Eines seiner Schnurrbartenden war ein wenig hochgezwirbelt, während das andere fast in seinem Mundwinkel hing, als hätte er unterwegs, während er untätig hinter seinem Chauffeur auf dem Rücksitz saß, daran genukkelt. Er trug einen beigefarbenen Übergangsmantel, der nicht zu seinem schwarzen Anzug paßte. Mehr denn je hatten seine Augen den unterwürfigen Ausdruck eines geprügelten Hundes.

»Wollen Sie denn nicht Platz nehmen?« fragte Anne-Marie.

»Ich kann nicht lange bleiben. Meine Frau und meine Tochter warten unten im Auto. Wir wollen mit Françoise das Wochenende auf dem Land verbringen, damit sie auf andere Gedanken kommt. Das Wetter läßt zwar zu wünschen übrig, aber vielleicht klart es bis morgen auf.«

Dudon fragte nicht, wohin sie fuhren, denn schon seit Jahren nächtigten sie, wenn sie sich überhaupt zu einer Fahrt ins Grüne aufrafften, unweigerlich in einer Gaststätte am Loireufer, ganz in der Nähe des Schlosses Chambord.

Mallard hatte weder Freude am Fischen noch an der Jagd, auch für Golf interessierte er sich nicht. Vom Bridge verstanden beide nichts. So verbrachten sie die

Tage im Liegestuhl auf der Terrasse. Wenn es regnete, ging Madame Mallard auf ihr Zimmer, während ihr Mann in einer Dorfkneipe Billard spielte.

Beim Hinausgehen wandte er sich noch einmal um:

»Meine Frau hat mir erzählt, daß sie gestern ein langes und sehr tröstliches Gespräch mit Ihnen hatte.«

Als er Dudon seine knochige Hand zum Abschied reichte, zwinkerte dieser unverhohlen der Pflegerin zu.

Jetzt würden keine Besucher mehr kommen. Eigentlich fand er das ja ganz nett, aber die Mallards war er jetzt leid. Es dauerte ohnehin immer eine ganze Weile, bis sich die warme, vertraute Atmosphäre wieder einstellen wollte.

»Wie lange wird man mich wohl noch hierbehalten?«

»Es war von sechs Wochen die Rede. Eine so lange ärztliche Behandlung wäre eigentlich nicht nötig, aber man will Sie noch eine Weile beobachten.«

»Ist denn zu befürchten, daß ich verrückt werde?«

»Nicht unbedingt verrückt.«

»Irgendwie verquer?«

»Das auch nicht. Bestimmte Hirnzellen hätten Schaden davontragen können.«

»Und wie sieht es jetzt aus?«

»Das ist nicht mehr zu befürchten.«

»Was also?«

»Ich weiß auch nicht. Vielleicht gar nichts. Monsieur Lacroix-Gibet trifft halt seine Vorsichtsmaßnahmen.«

»Macht es Ihnen nichts aus, so lange hierzubleiben, ohne zwischendurch nach Hause zu gehen?«

»Ich bin daran gewöhnt. Ich hätte mir ja auch in einem Krankenhaus oder einer Privatklinik eine Stelle mit geregelter Arbeitszeit suchen können. Am Montag...«

Sie sprach nicht weiter. Dudons Nerven reagierten überaus empfindlich. Gleichzeitig packte ihn körperliche Angst, wie er sie noch nie verspürt hatte. Sie nahm ihren Ausgang von einem bestimmten Punkt in seiner Brust – es war mehr ein beklemmendes Gefühl denn ein Schmerz – und strahlte in die linke Seite aus, so daß sich sein Herz plötzlich zusammenkrampfte. Seine Hände schwitzten, seine Augen glänzten fiebrig.

»Am Montag?...«

»Pst!... Ich hätte jetzt noch nichts davon sagen sollen. Aber nun kann ich nicht mehr zurück. Sie regen sich sonst unnötig auf. Montag habe ich Ausgang, denn einen Tag in der Woche nehme ich frei. Eine Kollegin übernimmt meine Vertretung.«

»Ist sie schon einmal hier gewesen?«

»Ja, letzten Montag. Sehen Sie, Sie haben es nicht einmal bemerkt.«

Er fühlte sich immer noch unbehaglich. Er war unglücklich, verloren. Er schluckte, bevor er weitersprechen konnte.

»Der Anruf?«

»Ja.«

»Ein Mann.«

»Ja, sicher.«

Ein Nebelschleier hatte sich über die beiden gelegt, und sie vermieden es, einander anzusehen.

»Macht es Ihnen etwas aus?«

Er gab keine Antwort, die Kehle war ihm wie zugeschnürt.

»Aber das mit dem Doktor und den anderen ist Ihnen doch nicht weiter nahegegangen.«

Er schluckte wieder, sein Adamsapfel war hart wie ein Pfirsichkern.

»Sind es viele andere?«

»Das wechselt. Drei oder vier.«

»Das ist etwas anderes.«

Mit Verwunderung stellte er fest, daß sie ihn verstand und ihm keine Fragen stellte: Das war etwas anderes, weil es keine Unterbrechung bedeutete... Keine Unterbrechung? Wovon? Nein, mit Wörtern bekam man das nicht zu fassen, sie verwässerten alles. Da war ja weiter nichts, als daß sie zusammen in einem Zimmer lebten, unter dessen Fenstern sich ein großer Baum gegen die Mauer abzeichnete. Er lag in seinem Bett, und sie umsorgte ihn, angetan mit einem weißen Kittel. Alles lief nach einem festen Zeitplan ab, den er auswendig kannte und den er nicht mehr hätte missen mögen, denn für ihn handelte es sich bereits um alte, liebgewordene Gewohnheiten.

Nein, einfache Gewohnheiten waren das nicht! Viel, viel mehr! Alles hatte einen Sinn. Von außen erschien das Ganze, genau wie im Operationssaal mit seinem kruden Licht, wie eine Art Pantomime, bestehend aus harmonischen Gebärden und zuversichtlichen freudigen Blicken, die wie am Schnürchen ablief.

»Wann kommen Sie wieder?«

»Dienstagmorgen werde ich Sie wecken.«

»Fahren Sie weit weg?«

»Er hat einen Landsitz bei Honfleur.«

»Auch ein Motorboot?«

»Ja, das auch.«

»Verheiratet?«

»Ja.«

Plötzlich hatte sich der Nebel wieder verzogen. Ihre letzte Antwort entlockte ihm einen Seufzer der Erleichterung, der aus so tiefem Herzen und gleichzeitig so unerwartet kam, daß sie unwillkürlich lachen mußte.

»Geht es Ihnen jetzt wieder besser?«

Er bekannte:

»Ja.«

»Sie werden sehen, meine Vertreterin ist eine nette Person. Vielleicht werden Sie, wenn ich wieder zurück bin, darauf drängen, daß sie auch weiterhin bei Ihnen bleibt.«

»Ich weiß schon jetzt, daß das nicht der Fall sein wird.«

»Ich auch. Jetzt hole ich Ihnen Ihr Abendessen.«

Sie kam ganz nahe an seinem Bett vorüber. Er faßte nach ihrer Hand, wunderte sich selber darüber. Eigentlich hatte er ihr nichts Besonderes zu sagen. Er wollte nur nicht, daß sie sich nach dem schlimmen Augenblick, den er eben durchgemacht hatte, von ihm entfernte, sei es auch nur für ein paar Minuten. Sie blieb stehen, lächelte ihn an.

»Sagen Sie ... Als Sie ein kleines Mädchen waren ...«

»Ein kleines Mädchen?«

»Ich meine, als Sie noch ein Kind, ein ganz junges Mädchen waren, haben Sie da schon ...?«

»Mit fünfzehn.«

»Ah!«

Er ließ sie gehen, überließ sich seinen Gedanken. Als sie ihm das Tablett hinstellte, war er weit weg.

»Darf man wissen?«

»Was?«

»Wo Sie mit Ihren Gedanken waren?«

»In Saintes. Ich habe mir die jungen Mädchen, die ich damals kannte, ins Gedächtnis gerufen.«

»Ich dachte, Sie hätten keinen Umgang mit jungen Mädchen gehabt.«

»Gesprochen habe ich nie mit ihnen. Aber in unserer Straße wohnten welche, sogar in unserem Haus, im Erdgeschoß.«

»Wie war das Mädchen in Ihrem Haus?«

»Mager und hellblond. Stundenlang saß sie auf der Türschwelle, das Kinn in die Hand gestützt.«

»Eben haben Sie sich wohl gefragt, ob sie es schon trieb?«

»Ja.«

»Ich habe vier Schwestern. Eine von ihnen, die Älteste, hat keinen Mann an sich herangelassen. Sie ist Chemikerin wie mein Vater und arbeitet in einem Labor. Sie essen ja nichts! Haben Sie keinen Appetit?«

»Doch!«

Im Grunde war er nicht traurig. Die finstere Wolke hatte sich schon wieder verzogen. Der Montag würde sehr schnell vorübergehen, und bis dahin blieb noch viel Zeit. Sie hatten den ganzen Sonntag vor sich. Aber an gewisse Vorstellungen würde er sich gewöhnen, sie verdauen müssen. Vielleicht hatte er alles überstürzt? Sobald Anne-Marie sich von ihm entfernte, stieg dieser Gedanke in ihm auf und beängstigte ihn.

»Ich habe vergessen, Ihnen zu sagen, daß Sie sich alles, worauf Sie Lust haben, zum Essen bestellen können, außer der Arzt hat es ausdrücklich verboten. Sie dürfen sogar mit Wasser vermischten Wein trinken.«

»Ich trinke keinen Alkohol.«

»Liegt Ihnen nichts daran?«

Jetzt beschwindelte er sie zum erstenmal. Aus einem unerfindlichen Grund wollte er nicht eingestehen, daß Wein und Alkoholika ihm Magenschmerzen verursachten. Er legte sich nicht fest.

»Ich weiß nicht.«

»Ich trinke schon manchmal ein Gläschen, aber nie während der Arbeit.«

»Trinken Sie viel?«

»Zuviel.«

»Sie reden doch Unsinn.«

»Ich mache auch welchen.«

»Sie sind schon ein seltsames Mädchen.«

»Das haben Sie mir schon einmal gesagt.«

»Ich weiß nicht, wie ich ohne Sie zurechtkommen soll.«

»Jetzt essen Sie erstmal!«

»Ich esse ja schon.«

»Dann hole ich mir auch mein Tablett, und wir beenden unsere Mahlzeit zur gleichen Zeit, denn ich esse viel schneller als Sie.«

An diesem Abend geschah nichts mehr. Nach dem Essen überkam ihn bleischwere Müdigkeit. Er nahm sich zwar vor, ihr beim Lesen und bei ihrer abendlichen Toilette zuzuschauen, aber er schlief fast sofort mit einem verdrossenen Zug um den Mund ein.

Viel später nahm er genau wie vorher in seinen Fieberträumen wahr, daß sie sich im honigfarbenen Licht des Raumes bewegte. Als sie ihn an den Schultern anhob, um ihm das Medikament einzuflößen, vermochte er nicht wirklich aus seinem Dämmerzustand aufzutauchen.

»Trinken Sie. Schlafen Sie ruhig weiter. Ich kann Ihre Toilette auch so machen.«

Mit schlaftrunkenen Augen blickte er zu ihr auf und lallte:

»Meinen Sie?«

Gern hätte er ihre Hand genommen, um sie unter das Laken zu ziehen. Er lächelte und murmelte mit schwerer Zunge:

»Gute Nacht.«

Sie zupfte sein Kopfkissen und seine Decke zurecht. Bevor sie sich aufrichtete, küßte sie ihn auf die Stirn.

»Gute Nacht.«

5

Ein Zeitungsausschnitt war an den Brief seiner Mutter geheftet, der folgendermaßen begann:

Mein liebes Kind,
Das hier hat mir Dein Vetter Léon aus Paris geschickt...

In Wirklichkeit war dieser Léon ein Neffe zweiten Grades, ein Nachkomme der Charlebois natürlich, der Sohn einer Kusine, an deren Hochzeit in Cognac er als Kind teilgenommen hatte. Dudon hatte diesen Neffen nie zu Gesicht bekommen, wußte nicht einmal, daß er in Paris lebte. Bei jedem Besuch in Saintes wunderte er sich darüber, daß seine Mutter nicht müde wurde, ständig Kontakte mit der Familie anzuknüpfen.

Die Zeitungsnotiz, die keine Überschrift trug, war wohl unter der Rubrik der Lokalnachrichten erschienen. Sie lautete:

Gestern gegen zwanzig Uhr dreißig wurde Maurice Dudon, 39, von Beruf Buchhalter, wohnhaft Rue du Saint-Gothard Nr. 37a, in der Rue Choron von einem Auto angefahren. Am Steuer saß Philippe L., ebenfalls wohnhaft in Paris. Schädelbruch. Der Verletzte wurde nach Passy in eine Privatklinik gebracht.

Das war alles. Seine Mutter fuhr fort:

Hätte ich nicht meine rheumatischen Beschwerden, wäre ich mit dem Zug nach Paris gekommen, um nach Dir zu sehen, aber dieses Jahr hatten wir hier einen überaus feuchten Winter, der mir sehr zusetzte. Ich habe immer noch Schmerzen, und der Frühling läßt auf sich warten. Ich hoffe, daß die Concierge den Brief an Dich weiterleitet. Ich schicke ihn in die Rue du Saint-Gothard, da ich den Namen der Klinik nicht weiß.

Ich nehme an, daß dieser Philippe L. die Kosten für den Klinikaufenthalt übernimmt, das ist ja auch wohl das mindeste. Léon schreibt, daß ihm nichts weiteres über Dich bekannt ist, was er mir mitteilen könnte.

Ist der Mann, der Dich angefahren hat, vermögend?. Wenn ja, dann verlange ruhig eine hohe Entschädigung von ihm. Du bist von jeher zu stolz oder auch zu schüchtern gewesen, und das hat Dir nichts eingebracht! Der Geschädigte bekommt immer recht. Eine Nachbarin – Madame Laudanet, an die Du Dich vielleicht erinnerst, die mit dem Puppengesicht – hat sich nach einem Unfall ein Haus kaufen können, und ich möchte wetten, daß sie darin noch ihren hundertsten Geburtstag feiert. Außerdem wird ihr eine Rente ausbezahlt. Laß Dich bloß nicht mit schönen Worten abspeisen! Diese Leute versuchen immer, möglichst billig wegzukommen. Selbst wenn er nicht sehr reich ist, brauchst Du keine Skrupel zu haben, denn die Versicherung zahlt eh alles.

Sieh zu, daß Du dich ausruhst. Als du das letztemal

hier warst, sahst Du nicht gut aus. Du arbeitest zuviel bei diesem Monsieur Mallard, der Dich ausbeutet.

Eine meiner Mieterinnen ist vergangene Woche gestorben. Sie war zweiundachtzig Jahre alt und lebte allein. Jetzt habe ich also wieder eine leere Wohnung am Hals. Sie ist so verdreckt, daß ich die Wände neu streichen und tapezieren lassen muß, sonst will keiner sie nehmen.

Wie jedes Jahr ist Tante Louise nach London gefahren. Sie hat mir angeboten, auch mir die Reise zu bezahlen, aber wegen meiner schlechten Beine mußte ich absagen.

Ich habe mich bezüglich Schädelbrüchen erkundigt. Sie sollen fast immer völlig ausheilen.

Deine Mutter

Diesen Brief hatte ihm am Montagmorgen Anne-Maries Vertreterin übergeben, eine Mademoiselle Jeannette. Er hatte sie sich ganz anders vorgestellt. Sie sah überhaupt nicht aus wie eine Krankenpflegerin. Sie war sehr elegant gekleidet und wirkte jünger als Anne-Marie. Sie trat in einem marineblauen Kostüm und hochhackigen Schuhen ins Zimmer, ein Köfferchen in der Hand. Im Unterschied zu den anderen Frauen, die in der Klinik arbeiteten, machte sie lange, zielbewußte Schritte, so daß man sie leicht für eine Sekretärin bei einer großen Firma hätte halten können.

»Soll ich Ihnen den Brief vorlesen?«

»Nein, danke. Seit gestern hat mir der Arzt das Lesen erlaubt. Es ermüdet mich fast gar nicht mehr.«

Sie nahm ihren Hut ab, zog ihre Kostümjacke aus,

holte ihren weißen Kittel und das Häubchen aus ihrem Koffer. Der Kittel war nicht wie üblicherweise aus Leinen, sondern aus einem seidigen Stoff und hatte einen modischen Schnitt.

»Wenn ich etwas anders mache als Anne-Marie, dann sagen Sie es mir ruhig.«

Sie richtete sich häuslich ein, legte sich ihre persönlichen Utensilien zurecht wie eine Frau, die viel auf Reisen ist und sich im Zug für die Nacht fertigmacht.

An diesem Morgen schien die Sonne.

»Soll ich die Jalousien hochziehen oder unten lassen?«

»Lassen Sie sie unten, die Latten ausgestellt.«

Von Zeit zu Zeit warf sie einen schnellen, neugierigen Blick auf ihn. Zweifellos hatte Anne-Marie ihr von ihm erzählt.

»Stört es Sie, wenn ich die Tür offenlasse?«

»Nein, überhaupt nicht.«

Er wußte, daß die meisten Patienten, sobald es ihnen besser ging, ihre Tür fast den ganzen Tag offen hatten. Im übrigen genoß er diesen eigentümlichen Zustand, bei dem man ein wenig an der Existenz von Leuten teilhatte, die man nie zu sehen bekam. Man hörte sie sprechen, telefonieren, Besuche von Freunden oder Angehörigen empfangen. Man schloß die Tür nur, wenn der Patient ärztlich versorgt oder gewaschen wurde.

Schnell hatte er herausgefunden, warum Jeannette die Türe offen haben wollte. In der Klinik war ihr eine Kollegin über den Weg gelaufen, die als private Pflegerin die Dame mit den zwei Kindern betreute. Die meiste Zeit standen die beiden Mädchen im Flur, genau zwischen den beiden Türen zu den Krankenzimmern und warfen ab und zu einen kurzen Blick auf ihre Patienten.

Sie sprachen mit gedämpfter Stimme, so daß nur undeutliches Gemurmel ins Zimmer drang. Er hörte Jeannette auf die andere einreden und manchmal loslachen.

Seine Zimmernachbarin mit den zwei Kindern hatte eine Gallenoperation hinter sich. Sie mochte höchstens dreißig Jahre alt sein. Sie war eine Gräfin und wohnte in einem herrschaftlichen Stadthaus im Trocadéro-Viertel. Sie bekam unendlich viele Blumen, jeden Tag brachte man neue. Abends hörte er immer, wie die Krankenschwestern die Vasen für die Nacht in den Flur stellten.

Bei ihm stand nur der kleine Veilchenstrauß von Mademoiselle Tardivon, der allmählich verwelkte. Den Früchtekorb hatte er kaum angerührt, und Anne-Marie hatte sich auch nur ein paar Weintrauben herausgepickt.

»Gestatten Sie?« fragte Jeannette.

»Essen Sie, soviel Sie wollen. Ich möchte nichts.«

Sie griff tüchtig zu, holte sogar noch ein paar Früchte für ihre Freundin, und die beiden schwatzten mit vollem Mund weiter.

Der Arzt schaute schnell bei ihm vorbei, setzte sich nicht einmal. Er kündigte ihm an, daß man ihn in zwei oder drei Tagen einer gründlichen Untersuchung unterziehen würde. Unter seinem Kittel trug er eine weiße Leinenhose, woraus Dudon ersah, daß er gleich operieren würde. Um jeden Augenblick seiner kostbaren Zeit zu nutzen, pflegte Jourdan bei seinen Patienten eine kurze Visite zu machen, während man die Operation vorbereitete. Manchmal mußte er sich in Windeseile umziehen und in sein Auto springen, um in einem Krankenhaus oder in einer anderen Privatklinik einen dringenden Eingriff vorzunehmen.

Es war schon ein seltsamer Zufall, daß der Brief seiner Mutter ausgerechnet an diesem Morgen gekommen war, denn gegen elf Uhr führte Jeannette, ohne daß man ihn von einem Besuch in Kenntnis gesetzt hätte, einen kleinen, soignierten, überaus korrekt gekleideten Herrn zu ihm herein, der eine Aktentasche in der Hand hielt.

»Ich darf wohl annehmen, daß Monsieur Lacroix-Gibet Ihnen meinen Besuch angekündigt hat.«

Er machte sich einen Stuhl frei, setzte sich, wobei er die Hosenbeine heraufzog, damit die Bügelfalte keinen Schaden nahm, holte sich eine Zigarette aus einem kostbaren Etui, blickte um sich, legte sie wieder hinein, was ihm nicht schwerzufallen schien.

»Ich vertrete die Versicherungsgesellschaft. Wie mein Kunde, Monsieur Lacroix-Gibet, bin ich der Ansicht, daß kein Grund vorliegt, um die Regelung dieser Angelegenheit hinauszuschieben.«

Seiner Aktentasche entnahm er eine Sammelmappe, die mehrere Dokumente enthielt, warf aber nur pro forma einen Blick darauf.

»Sie gestatten doch, daß ich als Geschäftsmann mit Ihnen rede und Ihnen eine oder zwei Fragen stelle, um klare Verhältnisse zu schaffen. Haben Sie auf direktem Wege oder über Ihren Anwalt irgendwelche Maßnahmen getroffen, um eine Entschädigung einzuklagen?«

Er blickte ihm starr in die Augen, und Dudon versuchte gar nicht erst, zu lügen oder irgendwelche Winkelzüge zu machen. Im Grunde war er recht geschmeichelt, daß man ihm einen Anwalt zutraute.

»Nein.«

»Gut! Ausgezeichnet! Das macht die Sache viel einfacher. Zweite Frage: Haben Sie die Absicht, einen Prozeß anzustrengen, und, sollte dies der Fall sein, welche Summe würden Sie dann einklagen?«

Dudon lächelte bei dem Gedanken an den Brief seiner Mutter und sagte mit entwaffnender Unschuld:

»Das ist mir noch gar nicht in den Sinn gekommen.«

»Na wunderbar! Die Vorfragen wären also geklärt, und wir können unverzüglich zu den Verhandlungen übergehen.«

Er erhob sich, um die Tür zu schließen, die Jeannette nur angelehnt hatte.

»Ich darf wohl annehmen, daß Ihnen die Position von Monsieur Lacroix-Gibet bekannt ist.«

»Ich weiß, daß er dem Stadtrat angehört.«

»Das ist richtig, trifft aber nicht ganz den Kern der Sache. Er bekleidet außerdem das Amt des Vorsitzenden der Fraktion, die im Stadtrat die Mehrheit innehat. Dies nur zu Ihrer Information, damit Sie begreifen, warum er jedes Aufsehen vermeiden möchte. Sie sehen, ich lege meine Karten offen auf den Tisch. Bei dem Unfall gab es keine Zeugen. Ich habe den Polizeibericht und das Expertengutachten mitgebracht.«

Er reichte Dudon zwei Blätter hinüber, deren eines an eine Blaupause erinnerte, wie man sie in Architektenbüros anfertigt. Ein wenig betreten studierte er die

Skizze: dicke Striche, gepunktete Linien und Kreuze, die mit den Buchstaben A, B, C, A′, B′, C′ bezeichnet waren. Sein Unfall hatte sich unversehens in eine Art geometrisches Problem verwandelt.

»Ich überlasse Ihnen je eine Kopie, die Sie Ihrem Anwalt unterbreiten können. Sie werden unweigerlich zu dem Schluß kommen, daß die Schuldfrage sowohl zu Ihren als auch zu unseren Gunsten entschieden werden kann. Seien Sie noch einmal versichert, Monsieur Dudon, daß ich Sie keineswegs überrumpeln will. Ich gestehe Ihnen zu, daß eine Klageerhebung Ihrerseits durchaus Aussicht auf Erfolg hat, daß wir aber zu unserer Verteidigung ebenso gute Argumente vorzuweisen haben.«

Dudon vermochte sich des Eindrucks nicht zu erwehren, daß der andere seine Rede mit derselben Überzeugungskraft, mit demselben Schwung zu Hause vor dem Spiegel hätte halten können. Die Fingernägel seiner gepflegten Hände waren manikürt. Er trug einen schweren Siegelring, den Dudon wie gebannt anstarrte.

»Soweit sind wir uns also einig?«

Eine Antwort erübrigte sich. Dieser Mann wäre nie auf den Gedanken gekommen, daß jemand ihm nicht beipflichtete. Während er seine Schau abzog, schien er innerlich geradezu zu jauchzen.

»Also auf der einen Seite haben wir einen strittigen Fall, auf der anderen Seite möchte Monsieur Lacroix-Gibet aus dem Ihnen dargelegten Grund einen Prozeß und das damit verbundene Aufsehen vermeiden.

Obwohl das eigentlich nicht mehr meine Domäne

ist, möchte ich nun kurz den Charakter meines Klienten umreißen. Einer seiner hervorstechendsten Wesenszüge – das räumen sogar seine politischen Gegner ein – ist seine Gutherzigkeit, die in seiner Großzügigkeit zum Ausdruck kommt.«

Er machte eine Handbewegung, um einen nicht erfolgten Protest abzuwehren.

»Verstehen Sie mich bitte nicht falsch! Von Großzügigkeit Ihnen gegenüber ist keineswegs die Rede. Die Tatsache, zum erstenmal in seinem Leben einen Menschen verletzt zu haben, die Angst davor, möglicherweise die Ursache seines Todes zu sein, versetzten Monsieur Lacroix-Gibet einen solchen Schock, daß er um jeden Preis Wiedergutmachung leisten will, wobei ihm die Schuldfrage letztlich einerlei ist. Wie Ihnen wohl bekannt sein dürfte, hat er darauf gedrungen, daß Sie in diese Klinik gebracht und von einem der renommierten Pariser Chirurgen operiert wurden. Aber lassen wir das!«

Nicht anders als beim Gespräch mit Lacroix-Gibet wartete Dudon seelenruhig ab, die Augen bald auf den Siegelring, bald auf die Fliege am Kragen seines Besuchers gerichtet.

»Ich weiß nicht, welche Geldsumme ein Anwalt Ihnen einzuklagen raten würde, angenommen, der Polizeibericht sähe günstiger für Sie aus. Wir aber sind, sollte Ihnen eine gütliche Einigung vorschweben, zu dem Entschluß gekommen, Ihnen den Betrag von zweihunderttausend Francs auszuzahlen, zuzüglich der Kosten für den Klinikaufenthalt, die Pflegerin und die ärztliche Behandlung, wobei wir auch im Falle später auftretender Komplikationen dafür aufkommen würden.«

Vor der Nennung der Summe hatte er eine winzige Pause eingelegt, und Dudon wußte, daß er sie hätte höherschrauben können. Doch er nickte nur zustimmend, ohne den geringsten Versuch zu machen, mehr zu erlangen. Seine Mutter hätte ihm das nie verziehen!

»Ausgezeichnet! Ja, Monsieur Dudon, offenbar sind Sie sich über die Lage im klaren, und Monsieur Lacroix-Gibet hat sich nicht in Ihnen getäuscht. Ich freue mich um so mehr darüber, als ich Ihnen nun einen weiteren Vorschlag unterbreiten kann, und zwar nicht in meiner Eigenschaft als Vertreter der Versicherungsgesellschaft, sondern im Namen von Monsieur Lacroix-Gibet persönlich. Zweifellos ist Ihnen bekannt, daß die Firma Gibet den Ruf genießt, eine einzige große Familie zu bilden. Darin aufgenommen zu werden, ist schon allein deshalb so schwierig, weil sie ihr Personal bis zum Rentenalter zu behalten pflegt. In Kürze wird aber eine Stelle frei, nämlich der Posten des Inspizienten, der die Pariser Zweigstellen kontrolliert. Dieses Amt erfordert genau die Eigenschaften, die Sie im höchsten Grade besitzen. Mir ist unbekannt, welches Gehalt Sie bei Monsieur Mallard bezogen. Wir hätten es herausfinden können. Doch glaube ich nicht, mich der Übertreibung schuldig zu machen, wenn ich behaupte, daß Ihre neue Stellung für Sie weitaus bessere Arbeitsbedingungen und auch eine ungleich höhere Entlohnung mit sich bringt.«

Und schwuppdiwupp! Dudon hatte keine Forderungen gestellt, nicht gefeilscht. Die Herren wollten die

Sache so rasch über die Bühne bringen, daß man ihm eine bereits getippte Verzichterklärung vorlegte, die er nur noch zu unterschreiben brauchte, und zugleich einen auf seinen Namen ausgestellten Scheck.

Was hätte er denn durch langes Hin- und Hergerede gewonnen? Er unterschrieb und schob seinen Scheck vorerst unter sein Kopfkissen. Der kleine soignierte Herr verschloß seine Aktentasche, erhob sich mit einem Satz, reichte ihm die Hand und verschwand im Nu, als hätte ihn der Erdboden verschluckt.

Dudon rief:

»Mademoiselle Jeannette!«

Sie kam ins Zimmer gerannt.

»Meine Sachen befinden sich im Wandschrank. Sehen Sie doch bitte nach, ob meine Brieftasche noch da ist.«

Es war eine alte Brieftasche aus rot angelaufenem Leder mit verschlissenen Ecken. In einer Zellophanhülle steckte sein Personalausweis, dessen Foto schon mehrere Jahre alt war. Befremdet blickte er auf dieses Gesicht mit den starren Zügen und den zornigen Augen, die wild ins Leere blickten. Seine Mutter hätte gesagt, er gleiche einem Anarchisten. Zum erstenmal in seinem Leben empfand er Mitleid mit sich selbst, mit diesem vormaligen Dudon, der ihm sogar ein wenig Ekel einflößte. Er nahm sich vor, sich gleich nach seiner Entlassung aus der Klinik eine neue Kennkarte ausstellen zu lassen.

»Ich danke Ihnen. Sie können sie wieder zurücklegen. Warum sehen Sie mich so an?«

»Nur so.«

Nein, sie machte sich nicht über ihn lustig, sie fand ihn eher drollig. Hatte Anne-Marie ihr etwas erzählt? Gern hätte er sie danach gefragt, traute sich dann aber doch nicht.

»Darf ich mir noch eine Birne nehmen? Oder finden Sie mich unverschämt?«

»Greifen Sie nur zu!«

»Sie halten einen doch nicht etwa zum besten?«

»Was? Ich?«

Das war wirklich der Gipfel! Ausgerechnet ihm machte man diesen Vorwurf, ihm, der doch immer den Blicken der Leute ausgewichen war, aus Angst, sie würden hämisch über ihn grinsen.

»Was kommt Ihnen denn an mir so außergewöhnlich vor?«

»Nichts. Sie scheinen sich halt zu amüsieren. Wenn Sie mir nachblicken, habe ich immer das Gefühl, daß Sie im stillen alle möglichen Bemerkungen über mich machen. Anne-Marie hat mich schon darauf vorbereitet. Wie wär's jetzt mit dem Mittagessen? Ich habe gesehen, daß es Tauben gibt. Haben Sie darauf Lust?«

»Ja.«

Sie ging wieder in den Flur, und er hörte sie lange mit ihrer Freundin tuscheln. Sie hielt keinen Mittagsschlaf. Sie hatte Zeitschriften mitgebracht, die sie aber sogleich weglegte, als die Pflegerin von nebenan frei wurde.

Er schlief. Gegen vier Uhr trat die Oberschwester zu ihm herein. Sie hielt ein Merkblatt in der Hand, auf das sie etwas kritzelte. Es war, als würde sie die Betragensnoten ihrer Schüler aufschreiben.

»Wie fühlen Sie sich heute, Monsieur Dudon?«

»Ausgezeichnet, Madame.«

»Es wird jetzt Zeit, daß Sie das Gehen üben. Sie können ein wenig im Zimmer herumlaufen und sich in den Sessel setzen. Sie sollten sich vielleicht von zu Hause einen Morgenmantel bringen lassen.«

»Ich werde mich darum kümmern.«

Er würde Anne-Marie damit beauftragen, ihm einen zu besorgen, denn sein dunkelroter Schlafrock in der Rue du Saint-Gothard war schon alt. Er hatte ihn vor zehn Jahren im Ausverkauf erstanden. Allerdings trug er ihn fast nie.

»Wenn Ihnen danach ist, versuchen Sie doch schon heute, sich auf die Bettkante zu setzen, damit Ihre Muskeln wieder in Gang kommen. Die Pflegerin kann Ihnen dabei behilflich sein.«

»Ich möchte lieber noch bis morgen warten.«

»Ich will Sie nicht drängen. Die meisten Patienten können es gar nicht erwarten ...«

Ob sie wohl erriet, daß er seine ersten Schritte nur mit Anne-Marie wagen wollte?

»Das wäre eigentlich alles, was ich Ihnen zu sagen habe. Ist da irgend etwas, was ich für Sie tun könnte?«

»Nein, danke, Madame.«

An jenem Tag kam Mallard ihn nicht besuchen. Das war ihm gar nicht recht, denn er hätte die Sache gerne bereinigt. Jeannette brachte ihm die Abendzeitung. Er überflog die Schlagzeilen, sah die Fotos an, aber nichts davon berührte ihn. Er dachte an den Hausmantel und andere Kleidungsstücke, die er sich besorgen lassen mußte, wie zum Beispiel Pantoffeln und Schlafanzüge, denn er wurde immer noch von der Klinik eingekleidet.

Er hatte andere Patienten in Schlafrock und seidenen Pyjamas durch den Flur gehen sehen. Er würde sie nicht gerade nachahmen, aber kümmern mußte man sich um diese Dinge doch.

Er fühlte sich verpflichtet, seiner Mutter zu antworten, vermochte sich aber nicht zu einem Brief aufzuraffen, so daß er Jeannette ein Telegramm diktierte.

Gesundheitszustand besser. Alles in Ordnung. Maurice.

Sobald der Telegrammbote an der Tür erschien, würde sie zu zittern anfangen, befürchten, daß die Depesche die Nachricht vom Tod ihres Sohnes enthielte, denn in ihren Augen bedeuteten Telegramme ausschließlich Unglücksbotschaften.

Er nahm darauf keine Rücksicht. Sie würde sich schnell von ihrem Schrecken erholen. Sie war viel zäher als sie aussah. Zum großen Erstaunen der Pflegerin begann er unvermittelt zu lachen.

»Keine Sorge! Ich lache nicht über Sie. Ich denke nur an meine Mutter.«

Anne-Marie hätte er den Grund für seine Erheiterung erklärt. Er malte sich aus, wie seine Mutter, bekäme sie ein Telegramm mit der Todesnachricht, sofort zu ihrem Anwalt laufen würde, um gegen Lacroix-Gibet und die Versicherungsgesellschaft einen Prozeß anzustrengen. Sie ließe sich auf keine Kompromisse ein, sie ganz bestimmt nicht! Bei ihr kämen sie nicht so glimpflich davon. Sie würde sich nicht nur ein Haus, sondern gleich eine ganze Straße kaufen!

»Möchten Sie nicht mehr lesen?«

»Nein.«

»Brauchen Sie noch etwas?«

Vielleicht war sie ein wenig enttäuscht, daß er nur so wenig mit ihr redete, ihr kaum Beachtung schenkte. Nun, da der Tag dem Ende zuging, zeigte sie sich nicht mehr ganz so liebenswürdig wie am Morgen, als würde sie es ihm nachtragen, daß er sich ihr gegenüber anders verhielt als gegenüber Anne-Marie.

Anne-Marie aber würde am nächsten Morgen wieder bei ihm sein. Sie würden ihr geregeltes Leben wieder aufnehmen. Er hatte ihr eine Menge zu sagen, denn im stillen hatte er viel nachgedacht. Sie wußte mehr über ihn als jeder andere Mensch, aber das genügte nicht. Zwangsläufig machte sie sich doch noch manche falsche Vorstellungen von ihm. Wer weiß? Vielleicht würde er sogar jetzt schon auf ihre Zukunft zu sprechen kommen? Freilich dürfte mit ihr keine Veränderung vorgegangen sein. Ob sich am Ende nicht doch eine Fremdheit zwischen ihnen einschliche, wie es nach langer Abwesenheit oft der Fall ist? Wieviel besser wäre es doch gewesen, wenn sie während der ganzen Zeit, die er nun einmal brauchte, nie das Zimmer verlassen hätte!

Jeannette trug hauchdünne Seidenstrümpfe und bewegte sich wie eines der erlesen gekleideten Geschöpfe auf den Champs-Elysées. Mehrmals hatte sie sich die Lippen nachgeschminkt und ihr seidiges, gewelltes, brünettes Haar frisiert.

Ob sie wohl auch ihre freien Tage mit verheirateten Herren auf dem Land verbrachte, sich mit Ärzten einließ?

»Sind Sie Pariserin, Mademoiselle Jeannette?«

»Ich bin in Montmartre geboren, in der Rue Caulaincourt!«

Sie hatte Zigaretten bei sich, die sie irgendwo rauchte, wo es erlaubt war. Sie nahm ihre Mahlzeiten nicht im Zimmer ein. Sicher gab es ein Refektorium für das Pflegepersonal. Ob jetzt auch Anne-Marie, da er nicht mehr ständig überwacht werden mußte, dort essen würde?

»Um wieviel Uhr werden Sie sonst für die Nacht hergerichtet?«

»Gegen neun.«

»Ich bin in einer Viertelstunde zurück. Wenn Sie mich vorher brauchen, klingeln Sie ruhig.«

Warum nur sah er unablässig das kleine Mädchen vor sich, das im Erdgeschoß ihres Hauses wohnte, wo er seine Kindheit verbracht hatte? Sie war es, die ihn unwissentlich zu seiner schlimmsten Jugendsünde verleitet hatte. Wenn er heimkam und sie mit angezogenen Knien auf der Schwelle sitzend antraf, bückte er sich unter dem Vorwand, etwas auf dem Gehsteig verloren zu haben, um zwischen ihre Beine blicken zu können. Wenn er abends im Bett die Stimmen im Zimmer unter ihm vernahm, stellte er sich vor, wie sie sich auszog, und gab sich unzüchtigen Gedanken hin.

»Hochwürden, ich habe mich unzüchtiger Gedanken schuldig gemacht.«

Um seine Schändlichkeit noch mehr hervorzuheben, fügte er hinzu:

»Und unreiner Blicke.«

Jetzt aber strahlten seine Augen beim Gedanken an

die so natürliche und harmonische Geste Anne-Maries, an die unendliche Lust, die ihn überflutet hatte, während sie ihm zulächelte.

Er fragte sich, ob Jeannette ihm das Kreuz massieren oder sich mit einer oberflächlichen Toilette begnügen würde. Er geriet ein wenig in Verlegenheit, als sie ihn abdeckte, und einige Augenblicke lang pochte ihm das Blut in den Schläfen.

Von Doktor Jourdan hatte Anne-Marie gesagt:

»Er hat mich angeschaut, und dann funkte es.«

Mit geröteten Wangen sah er zu Jeannette auf. Er wußte nicht, daß in seinen Augen eine kindliche Bitte zu lesen war. Er griff nach der Hand des jungen Mädchens, wies ihr den Weg.

Sie scherzte:

»Das wird Sie ermüden.«

Er schüttelte nur den Kopf, denn er hätte kein Wort hervorgebracht, und da sie schräg auf der Bettkante saß und der Rock ihr ein wenig übers Knie gerutscht war, fuhr er ihr plötzlich mit der Hand zwischen die Beine.

Er sah ihr sofort an, daß sie Bescheid wußte. Sie sagte leichthin:

»Na, mein kleiner Monsieur Maurice?«

Er war überglücklich. Er hatte das Gefühl, daß sie genau verstand, was das alles für ihn bedeutete.

»Was hat sie Ihnen erzählt?«

»Ich nehme an, alles.«

»War sie nicht böse?«

»Sie hatte doch nichts dagegen, wie?«

»Sie haben sie wohl vorher instruiert?«

»Ja.«

»Warum?«

»Ich weiß nicht.«

»War es denn so bemerkenswert?«

»Ja und nein.«

»Was war daran so bemerkenswert?«

»Sie.«

Sie zog ihren Mantel aus, legte ihre Utensilien zurecht.

»Ich habe mich schon gefragt, ob Sie sich trauen würden.«

»Mit Jeannette?«

»Ja. Sie war auch gespannt.«

Er spürte, daß Anne-Marie ihn veräppelte, aber er fühlte sich nicht gekränkt.

»Erzählen Sie sich diese Dinge immer?«

»Meistens schon, aber nicht alles.«

»Was zum Beispiel nicht?«

»Seine Empfindungen behält man lieber für sich.«

Er konnte es kaum erwarten, daß sie wieder ihre Schwesterntracht anlegte.

»Die Oberschwester hat mir erlaubt, mich auf die Bettkante zu setzen.«

»Ich weiß. Sie dürfen sogar ein wenig herumgehen. Ich habe das Merkblatt gesehen.«

»Ich wollte nicht gestern damit anfangen.«

»Das ist lieb von Ihnen.«

»Ich habe Ihnen viel zu erzählen.«

»Aber erst will ich Ihr Frühstück holen.«

Er bemerkte keine kühle Distanz an ihr. Sie hatte sich

überhaupt nicht verändert. Dennoch spürte er, daß sie eine andere Luft geatmet, vierundzwanzig Stunden lang in einer fremden Welt gelebt hatte.

Verwundert sah er auf die große Kaffeekanne, die mindestens vier Tassen enthielt. Sie fing seinen Blick auf.

»Ich brauche dringend welchen. Ich habe einen Kater. Heute morgen darf ich mich nicht zu oft bücken, sonst wird mir schwindlig.«

»Um wieviel Uhr sind Sie nach Hause gekommen?«

»Um vier Uhr morgens.«

»Haben Sie denn gar nicht geschlafen?«

»Es lohnte sich nicht. Ich blieb eine ganze Stunde in meiner Badewanne.«

Noch klangen ihre Stimmen nicht wie sonst, eher so, als würden sie sich aneinander herantasten.

»Ich möchte Sie darum bitten, mir Schlafanzüge, einen Hausmantel und Pantoffeln zu besorgen. Macht Ihnen das auch nichts aus?«

»Im Eckhaus an der Rue de la Pompe gibt es ein Wäschegeschäft.«

»In meiner Brieftasche befindet sich ein Scheck. Sie müssen mit dem Taxi in die Champs-Elysées fahren, um ihn einzulösen. Ich unterschreibe ihn gleich.«

Ohne aus ihrer Neugierde einen Hehl zu machen, las sie den Betrag, auf den der Scheck lautete.

»Ist Monsieur Lacroix-Gibet hiergewesen?«

»Nein, ein Vertreter der Versicherungsgesellschaft. Habe ich einen Fehler gemacht?«

»Sie hätten mehr herausschlagen können, aber das spielt keine Rolle. Hauptsache, Sie sind zufrieden.«

Sie zog sich wieder zum Ausgehen an, beauftragte eine andere Krankenschwester, an ihrer Stelle nach ihm zu schauen. Dudon begann Pläne zu schmieden. Nun wurde es wirklich aufregend für ihn. Er fürchtete zwar, die Dinge zu überstürzen, doch verspürte er dieselbe Beklommenheit wie am Vortag mit Jeannette, und er hatte gut daran getan, über seinen eigenen Schatten zu springen.

Während Anne-Maries Abwesenheit klingelte zum erstenmal das Telefon am Kopfende seines Bettes. Er hob ab und vernahm eine Frauenstimme:

»Monsieur Félicien Mallard läßt anfragen, ob Monsieur Dudon zu sprechen ist.«

»Ruft er von unten aus an?«

»Nein, er telefoniert von auswärts. Soll ich durchstellen?«

»Hallo! Sind Sie am Apparat, Monsieur Maurice? Ich habe das Telefon in Ihrem Zimmer bemerkt. Ich möchte Sie fragen, ob ich Sie heute nachmittag aufsuchen kann.«

Dudon bestellte ihn für vier Uhr. Er würde der Sache ein Ende setzen. Ob Mallard wohl bei der Durchsicht der Bücher bemerkt hatte, daß zweitausend Francs fehlten? Möglich war das schon. Seine Stimme klang irgendwie anders, vielleicht rührte es aber auch daher, daß Dudon fast noch nie mit Mallard am Telefon gesprochen hatte.

Anne-Marie kehrte mit einer großen Schachtel in den Armen zurück. Ihr Atem roch nach Alkohol. Sie legte ein Bündel Tausendfrancscheine auf den Tisch. Ohne eine Spur von Vorwurf in der Stimme fragte Dudon:

»Haben Sie getrunken?«

»Das war das einzige Mittel, um mich wieder zu fangen. Im Taxi drehte sich mir der Kopf. Wollen Sie denn nicht meine Einkäufe anschauen?«

Der Hausmantel war aus marineblauer Cheviotwolle mit einer hellblauen Borte, dazu paßten die lavendelblauen mit einem *M* bestickten Schlafanzüge.

»Gefallen Ihnen die Sachen?«

Er mußte sie sofort anprobieren, doch als er, angetan mit seinem Schlafmantel, auf Anne-Marie gestützt, sich aufrecht neben das Bett stellen wollte, streckte er seine Arme hilflos ins Leere. Das Zimmer begann sich um ihn zu drehen, und er fürchtete das Bewußtsein zu verlieren.

Er war sehr unglücklich darüber, seine Kräfte so sehr überschätzt zu haben.

»So ist es immer beim ersten Mal. Nach dem Mittagessen machen Sie fünf Minuten lang Übungen, und morgen geht es schon viel besser.«

Sie half ihm wieder ins Bett, hängte seinen Hausmantel am Garderobenständer auf.

»Anne-Marie!« rief er, als wäre keine Zeit mehr zu verlieren.

»Ja?«

»Ich habe viel nachgedacht.«

»Ich weiß.«

»Ich habe große Pläne.«

»Das weiß ich auch.«

»Wissen Sie denn, was für welche?«

»Ich glaube schon.«

Er hätte vielleicht einen günstigeren Augenblick abwarten sollen, aber jetzt konnte er nicht mehr zurück, er hatte schon zuviel gesagt. Sie hatte sich darangemacht, die Etiketten und Stecknadeln aus den sechs Schlafanzügen zu entfernen, die sie einen nach dem anderen im Schrank unterbrachte. Die Geldscheine lagen immer noch auf dem Tisch, daneben seine verschlissene Brieftasche.

»Wollen Sie mich heiraten?«

Überrascht hob sie den Kopf. In ihrem Gesicht malte sich nichts weiter als die nackte Verblüffung. Darauf war sie also nicht gefaßt gewesen!

»Was haben Sie da gesagt?«

»Ob Sie mich heiraten wollen?«

Sie versuchte zu lachen. Es wollte ihr nicht so recht gelingen, und sie blickte ihm nicht in die Augen.

»So eine Schnapsidee!«

»Wieso ist das eine Schnapsidee?«

»Darum ... Ich weiß auch nicht. Das muß doch nicht sein!«

Ohne ein weiteres Wort ging sie ins Badezimmer, zog die Tür hinter sich zu.

Als sie wieder zu ihm kam, lächelte sie genau wie sonst, und ihre Augen blickten munter.

»Und?« fragte er.

Sie tat, als würde sie ihn nicht verstehen.

»Und was?«

»Die Antwort!«

»Worauf?«

»Auf meine Frage.«

»Pst... Ich gehe jetzt Ihr Mittagessen holen. Wir haben dann immer noch Zeit, um darüber zu reden.«

Er erschien diesmal ohne Mantel, außerdem kam er vom Friseur, was aus den Talkspuren am Ohrläppchen zu ersehen war. Welcher feine Instinkt hatte Anne-Marie dazu bewogen, sie allein zu lassen?

Mallard legte seinen Hut auf den Tisch, nahm mit feierlicher Miene Platz, registrierte den neuen Schlafanzug, sagte aber nichts darüber und begann ein wenig stockend:

»Bevor ich Sie heute morgen anrief, habe ich mit Doktor Jourdan gesprochen. Er beurteilt Ihren gegenwärtigen Gesundheitszustand so positiv, daß ich mir erlaube, Ihnen meinen Vorschlag zu unterbreiten. Sie sollen freilich nicht den Eindruck gewinnen, Monsieur Maurice, daß ich nur meine Belange im Auge habe, aber Sie sind der einzige, der den nötigen Durchblick hat und unsere Probleme kennt. Während ein paar Wochen müssen Sie sich noch schonen, und es scheint beinahe unverschämt, Sie jetzt zu behelligen, aber ...«

Er hatte sich seine Rede unterwegs vorgesagt, verlor jedoch den Faden.

»Also! Dem Doktor zufolge könnten Sie, ohne Ihrer Gesundheit zu schaden, uns von Zeit zu Zeit ein Stündchen widmen. Einer meiner Angestellten würde mit den Büchern zu Ihnen kommen, damit Sie sie auf den heutigen Stand bringen. Natürlich beschränken wir uns auf das Dringlichste, und ich dachte, daß der kleine Bellini ...«

Irrte sich Dudon oder redete Mallard wirklich ohne rechte Überzeugung, ohne Hoffnung auf Erfolg?

Das war eben ein unangenehmer Moment, den man hinter sich bringen mußte. Anne-Marie wartete im

Flur. In wenigen Minuten würden sie ihr gemeinsames Leben wiederaufnehmen, und außerdem hatte sie nicht nein gesagt.

Er ärgerte sich über seine kratzige Stimme, aber daran war nichts zu ändern.

»Es tut mir leid, Sie enttäuschen zu müssen. Als Sie mich heute morgen anriefen, hatte ich gerade damit angefangen, mein Kündigungsschreiben aufzusetzen.«

Mallard schwieg, den Blick immer noch unverwandt auf den lavendelblauen Schlafanzug geheftet.

»Es trifft sich gerade, daß man mir einen überaus verantwortlichen Posten angeboten hat. Sie verübeln es mir ja hoffentlich nicht, daß ich auch ein wenig an meine eigene Zukunft denke.«

Wer diesmal die Augen abwandte, war Dudon. Félicien Mallard wirkte keineswegs erzürnt, eher traurig, aber selbst dieser Gemütszustand äußerte sich bei ihm auf linkische, steifleinene Weise.

Er erhob sich, öffnete den Mund, wobei sein Schnurrbart erbebte.

»Ich ...«

Dudon wartete. Seine Lippen waren wie ausgetrocknet. Jetzt war ihm klar, daß Mallard Bescheid wußte, daß er Hemmungen hatte, ihm die Wahrheit ins Gesicht zu sagen, daß er mit sich kämpfte. Unter Aufbietung aller seiner Kräfte gelang es ihm, seinem ehemaligen Chef ruhig, allzu ruhig, ja geradezu hochmütig ins Gesicht zu blicken.

»Was wollten Sie sagen?«

Mallard nahm seinen Hut, fuhr mit den Fingern mehrmals über die Kniffe.

»Nichts, Monsieur Dudon. Ich verstehe. Ich hatte damit gerechnet.«

»Hat jemand Sie informiert?«

Er gab keine Antwort, wandte sich zur Tür, setzte noch einmal zum Sprechen an. Doch die Worte, die ihm auf der Zunge brannten, blieben ungesagt. Er war es nun, der schuldbewußt dreinsah und die Schultern hängen ließ.

»Ich wünsche Ihnen alles Gute. Meine Frau und ich hatten Sie gern, Françoise auch.«

Seine Hand umschloß schon den Türknopf, er hielt kurz in der Bewegung inne, drehte ihn dann aber doch. In seiner Verwirrung rempelte er Anne-Marie an, ohne sie zu grüßen oder sich zu entschuldigen.

Sie stellte ihm keine Fragen, als sie endlich allein waren. Er hielt die Augen geschlossen. Durch die Lidspalten erriet er die einfallenden Sonnenstrahlen. Er hörte ihre leisen Schritte, den gedämpften Ton, wenn sie etwas verrückte, was sie sicher mit voller Absicht tat, damit nicht Schweigen und Erstarrung auf ihnen lasteten.

Einmal schien es ihr, daß sich eine Träne an seinen Wimpern abzeichnete. Sie wollte erst zu ihm treten, überlegte es sich dann aber anders und räumte auf, als sei nichts vorgefallen.

Nach zehn Minuten vernahm sie plötzlich in ihrem Rücken eine fröhliche Stimme:

»Mallard ist erledigt.«

»Wirklich?«

»Wollen Sie nicht wissen, wie die Sache lief?«

»War es sehr arg?«

»Ich dachte schon, er würde anfangen zu weinen.«

Mit keinem Wort erwähnte sie die Träne, die sie an seinem Auge gesehen hatte. Leichthin sagte er:

»Das sind Trübsalbläser, die immer nur die Sünde im Sinne haben!«

Zweiter Teil

I

Für das Personal der Avenue de l'Opéra gab es weder Pierre Gibet noch Philippe Lacroix-Gibet, sondern nur Monsieur Pierre und Monsieur Philippe. Gewissermaßen gehörte man dem Lager des einen oder des anderen an, der einen oder anderen Clique, denn in jeder von ihnen herrschte ein besonderer Geist, der schon in der Art des Auftretens, sogar in der Kleidung zum Ausdruck kam.

Zu Anfang legte Monsieur Pierre gegenüber Dudon eine gewisse Zurückhaltung an den Tag, was sicher davon herrührte, daß sein Schwager ihn in die Firma eingeführt hatte. Doch da Dudon in der Buchhaltung beschäftigt war, wurde er natürlich Monsieur Pierres Clan, dem die geschäftliche Leitung der Firma oblag, zugeordnet.

In der anderen Abteilung ging es laut, ja recht flott und feuchtfröhlich zu. Hier empfing man die reichen Weinbauern und die Großhändler aus der Provinz, die Grafiker und Vertreter der Werbeagenturen und auch die Schauspielerinnen, die für die Gibet-Prospekte Modell standen. Irgendwo gab es sogar einen kleinen roten Salon, wo Weinproben ausgeschenkt wurden.

Monsieur Pierre war ungeachtet seiner fünfundsechzig Jahre schlank und rank wie ein Tennismeister. Er hatte eine sehr weiße Haut und silbergraues Haar. Er wirkte immer wie aus dem Ei gepellt. Das war fast schon eine Manie. Niemals verunzierte ein Stäubchen seine Schuhe oder eine Knitterfalte seine Anzüge, die er fast ausschließlich in diskreten Grautönen wählte.

Als Maurice Dudon zum erstenmal sein weitläufiges, holzvertäfeltes Büro betrat, blickte er befremdet auf. Doch dann befragte er ihn fast eine Stunde lang. Er war liebenswürdig, hielt aber Distanz.

Einen Monat später zweifelte er jedoch nicht mehr daran, daß der Zufall ihm einen überaus wertvollen Mitarbeiter beschert hatte. Was nun Dudon betraf, so war er endlich einem Menschen begegnet, der seinem Idealbild entsprach. So wäre er selber gern gewesen!

Monsieur Pierre bewohnte mit seiner Frau ein Doppelappartement an der Avenue Foch, ganz in der Nähe vom Bois de Boulogne. In der Sologne besaß er ein Schloß, wo er während der Jagdsaison seine Wochenenden verbrachte, außerdem hatte er einen Landsitz in Aix-les-Bains, unmittelbar am Lac du Bourget.

Um Punkt neun Uhr trat er allmorgendlich mit federndem Schritt in sein Büro. Weder Pflichtgefühl trieb ihn dazu, noch der Wunsch, ein Beispiel zu geben, wahrscheinlich nicht einmal Geldgier. Dudon, der sich zwar kein rechte Vorstellung davon machen konnte, was er abends und sonntags tat, war jedoch fest davon überzeugt, daß für Monsieur Pierre im Grunde nur die Stunden zählten, die er in seinem Büro an der Avenue de l'Opéra verbrachte.

Monsieur Philippe machte mehr Wirbel, war ständig auf Trab. Dennoch hatte Dudon ihn schon auf den ersten Blick zu den Schlappschwänzen gerechnet.

Anne-Marie, die ihn besser kannte, empfand für ihn nicht mehr als freundliche Herablassung.

Monsieur Pierre ließ weder Sympathie noch Ironie aufkommen. Er hatte keine Kinder. Seine seit Jahren schwerkranke Frau verließ ihre Wohnung nur während der Ferien. Er hatte für jeden dasselbe automatische Lächeln, das gleichsam in sein Gesicht gestanzt war. Es war ein Teil seiner Persönlichkeit, wie sein Gang und der erlesene Schnitt seiner Anzüge.

In der anderen Abteilung schwirrten etwa ein Dutzend Sekretärinnen und Stenotypistinnen herum, lauter hübsche Frauen. In Monsieur Pierres Räumen beschränkte sich das weibliche Element auf die fünfzigjährige Madame Baudin und Mademoiselle Materre, die auf einem Auge schielte. Niemand nannte sie bei ihrem Vornamen.

Bereits in der ersten Woche hatte Monsieur Pierre ihn zu sich rufen lassen. Wie immer saß er an seinem Schreibtisch. Hinter ihm prangte ein Ölbild seines Vaters, das ein ganzes Paneel einnahm.

»Darf ich Sie fragen, ob Sie verheiratet sind, Monsieur Dudon?«

»Ja, Monsieur.«

»Ausgezeichnet. Ich glaube Ihnen aufs Wort. Ich habe Ihnen diese Frage nicht deshalb gestellt, weil ich ihr persönlich besonderes Gewicht beimesse, sondern weil Sie hier mit Leuten zu tun haben, die in diesem Punkt festgefahrene Vorstellungen haben. Sollten sie irgend etwas an Ihrem Lebenswandel auszusetzen haben, so würden Sie sehr an Autorität einbüßen.«

»Ich bin ganz Ihrer Meinung.«

Auch die nächste Ansprache, die Monsieur Pierre ihm hielt, nachdem er ihn drei Wochen lang beobachtet hatte, war ihm aus dem Herzen gesprochen. Dudons Hauptaufgabe bestand darin, die Abrechnungen der zweihundertsiebenunddreißig Pächter in Paris und den Vorstädten zu überprüfen.

»Vielleicht ist Ihnen inzwischen schon klargeworden, wie heikel Ihre Rolle ist. Zum größten Teil haben Sie es mit ordentlichen Leuten zu tun, oft auch mit besonderen Fällen. Der Beruf eines Filialleiters verlangt keine spezifischen Vorkenntnisse. Die kleineren Zweigstellen werden meist von Witwen geführt, die oft minderjährige Kinder großzuziehen haben. Diejenigen Filialen, in denen ein Mann vonnöten ist, übernehmen häufig Ehepaare, deren Ersparnisse nicht ausreichen, um sich selbständig zu machen, oder die Fehlschläge erlitten haben.«

Dudon ahnte schon, was dann kommen würde, mehr noch, die Worte des Chefs waren ihm aus der Seele gesprochen.

»Diese Leute, Monsieur Dudon, sind selten Betrüger im üblichen Sinne. In manchen Punkten neigen sie eher dazu, es übertrieben genau zu nehmen. Doch eines Tages treten Umstände ein, denen sie nicht mehr gewachsen sind: ein Krankheitsfall in der Familie, eine teure Operation, das Studium des Sohnes oder die Heirat einer Tochter.«

Dudon fiel ihm ins Wort:

»Und dann gehen sie krumme Wege.«

Viel genauer als Monsieur Pierre, der die Sache nur von außen sah, wußte er, was es damit auf sich hatte.

Am liebsten hätte er hinzugefügt, daß ihre Ehrlichkeit diese Leute erst zu Betrügern machte. Sein erster Kontrollgang hatte ihn in die ärmeren Viertel geführt. Die Menschen dort kannte er sehr genau, denn sie glichen alle den kleinen Geschäftsleuten, denen er einstmals die Buchführung gemacht hatte.

Sie hatten dieselbe Einstellung, dieselben Ängste, dieselben Probleme, mit denen sich auch die Mallards vor ihrem wirtschaftlichen Aufstieg abgeplagt hatten. Allenthalben herrschte der Mallardsche Geist. Sie alle waren Mallards, die nicht das Glück gehabt hatten, in eine höhere Sphäre aufzusteigen.

»Manche können sich den Luxus leisten, dem humanitären Gesichtspunkt Rechnung zu tragen. Ein Unternehmen wie das unsere ginge dabei zugrunde. Das wollte ich Ihnen nur sagen, und das dürfen Sie nie außer acht lassen. Sobald wir eine Ausnahme machen, jemandem einen Fehler nachsehen, gerät unsere ganze Organisation ins Wanken. Dann gäbe es nur noch Ausnahmen, und kein Mensch würde mehr die Regeln einhalten. Diebstahl bleibt Diebstahl, Monsieur Dudon, ob es sich nun um Millionen handelt oder um ein paar Francs. Die Bücher müssen stimmen, koste es, was es wolle. Auf familiäre und sonstige Umstände ist keine Rücksicht zu nehmen! Sobald die Leute den Eindruck haben, wir weichen von diesem Grundsatz ab, werden überhaupt keine Bücher mehr geführt.«

»Ja, Monsieur Pierre.«

Als er einmal mit Anne-Marie an einem eleganten Geschäft auf den Champs-Elysées vorbeikam, deutete sie auf einen Anzug im Schaufenster und sagte:

»Das wäre mal etwas für dich.«

Da er nichts erwiderte, was jetzt oft der Fall war, bemerkte sie halb im Scherz:

»Du hast wohl Angst, Monsieur Pierres Mißfallen zu erregen.«

Nein, das war es nicht. Er kaufte zwar seine Anzüge nicht mehr von der Stange wie zu der Zeit, da er noch in der Rue Turbigo arbeitete, vielmehr leistete er sich jetzt einen guten Schneider, aber er achtete darauf, nur dunkle, unauffällige Kleidung zu tragen, denn er hatte das Gefühl, daß auch er eine bestimmte Figur vorzustellen habe.

Früher hatte er stets mit einem dunklen Schuldgefühl weggeblickt, wenn man ihn geradewegs ansah. Jetzt aber roch er förmlich die Angst, die in der Luft hing, sobald er eine der Zweigstellen betrat, nun mußten die Pächter ihr Gewissen erforschen!

Er setzte keineswegs eine furchteinflößende Miene auf. Ganz im Gegenteil. Seit seiner Entlassung aus der Klinik wirkten seine Züge eher sanfter, und um seine Lippen spielte fast ständig ein unpersönliches Lächeln, das er zwar nicht direkt von Monsieur Pierre abgeschaut hatte, das jedoch derselben Spezies angehörte.

Seine Stärke bestand darin, daß er die kleinen Leute so genau kannte und instinktiv ihre schwachen Stellen aufspürte.

Unschlagbar war er auf dem Gebiet der Sicherheiten. Dafür hatte er eine besonders feine Nase. Innerhalb von zwei Monaten hatte er herausgebracht, daß die meisten Garantien, die sein Vorgänger akzeptiert hatte, entweder sehr zweifelhaft oder rein erfunden waren.

Um eine Pacht zu übernehmen, mußten die Bewerber nachweisen, daß sie über eine bestimmte Geldsumme verfügten, deren Höhe von der Größe der Filiale abhing, so daß sie im Falle einer schlechten Geschäftsführung ihren finanziellen Verpflichtungen nachkommen konnten.

Schon beim Durchsehen der ersten Akte, die eine Madame Pernette betraf, hatte er geahnt, wie der Dreh funktionierte.

Sie war die Witwe eines höheren Offiziers, eines Hauptmanns, der nicht im Krieg gefallen, sondern an Magenkrebs gestorben war. Sie hatte zwei Söhne. Der eine war zwölf, der andere fünfzehn Jahre alt.

Weitschweifig erzählte sie Dudon von Kassenobligationen, die das Verteidigungsministerium ausgegeben hatte, von Pfandbriefen der Stadt Paris. Das alles wollte sie ihm vorlegen, was sie bei seinem zweiten Besuch auch tat. Doch als er sie fragte, wann und wo diese Wertpapiere gekauft worden waren, erhielt er nur ausweichende Antworten.

»Um solche Angelegenheiten kümmerte sich doch mein Mann!«

»Haben Sie nie Obligationen oder Pfandbriefe verkauft?«

»Nein, niemals, Monsieur!«

»Warum eigentlich nicht? So hätten Sie die seit zwei Jahren fällige Arztrechnung bezahlen können.«

»Ich stehe auf dem Standpunkt, daß dieses Geld meinen Söhnen gehört. Ich werde es nie antasten!«

»Sind Sie sicher, daß nicht eine Ihrer Schwestern Ihnen diese Wertpapiere überlassen hat?«

Seine Mutter hätte genauso gehandelt wie Madame Pernette.

»Warum hätte mir meine Schwester nicht unter die Arme greifen sollen, wo ich es doch so schwer habe.«

Von seiner Seite war keine Grausamkeit mit im Spiel. Jedenfalls verspürte er keinen persönlichen Groll gegen diese Witwe, die ihm ja nichts getan hatte. Sie wollte ihm sogar ein Glas Likör anbieten, den sie eigens für ihn gekauft hatte. Ihm ging es um weitaus gewichtigere Dinge. Dudon sah das Ganze von einer viel höheren Warte aus als Monsieur Pierre, so daß er sich mitunter seinem Chef ein wenig überlegen fühlte.

»Sie sprechen doch von der Schwester, die in Alfortville mit einem Holzhändler verheiratet ist?«

»Ja, von Laurence.«

»Hat sie nicht fünf Kinder?«

»Lassen Sie mich nachdenken... Ja, es sind fünf.«

»Sie glauben doch wohl selber nicht, daß sie und ihr Mann bereit sind, ihren eigenen Kindern um Ihretwillen einen Teil ihres Erbes zu entziehen!«

»Aber ich erstatte ihnen doch alles zurück.«

Er hatte die größte Mühe, bis sie endlich gestand, daß sie die Firma hintergangen hatte, daß das Geld ihr nicht gehörte. Es war ein Darlehen, und Darlehen galten nicht als Sicherheit.

»Ich schwöre Ihnen, Monsieur, daß meine Schwester diese Wertpapiere nie zurückverlangt. Wenn Sie darauf bestehen, kann ich sie ja darum bitten, eine schriftliche Erklärung abzugeben.«

Damit waren sie alle schnell bei der Hand.

»Das wäre ohne gesetzliche Verbindlichkeit, denn

nichts kann Sie ja daran hindern, gleichzeitig einen Schuldschein zu unterschreiben, der die Erklärung Ihrer Schwester wieder aufheben würde.«

»Aber was soll ich denn machen?«

Er hätte ihr helfen, ihr einen guten Rat geben, ja ein Auge zudrücken können. Bestimmt hätte sie sich dafür erkenntlich gezeigt, aber sie wagte nicht einmal, die Rede darauf zu bringen.

»Ich kann nur Ihre Akte weiterleiten.«

»Vielleicht sollte ich doch selber bei Monsieur Pierre vorsprechen.«

Manche wollten ihm damit drohen. Sie setzten sich dann in Monsieur Pierres Vorzimmer und starrten ihm, wenn er an ihnen vorüberkam, mit eisiger Miene ins Gesicht.

Vor seinen Rundgängen begab er sich immer um Punkt neun in sein Büro. Zwei- oder dreimal in der Woche ließ Monsieur Pierre ihn rufen. Jetzt bot er ihm stets einen Sitz an. Weiterhin beobachtete er ihn voller Neugier, der aber kein Mißtrauen mehr beigemischt war.

»Mir ist zu Ohren gekommen, daß Sie sich mit der Metro oder dem Bus zu unseren Filialen begeben. Ich weiß Ihre Beweggründe zu schätzen, aber nunmehr ist Ihre Zeit so kostbar geworden, Monsieur Dudon, daß Sie auf Rechnung der Firma mit dem Taxi fahren sollten.«

Diese wenigen Worte bedeuteten, daß er sich mit einem Schlag auf derselben Stufe wie der Generalstab der Firma befand. Welch ein Aufstieg!

»Im übrigen möchte ich Sie, sobald Sie in Ihrer jetzigen Domäne Ordnung geschaffen haben und nur noch Routineinspektionen vorzunehmen haben, mit einer anderen Aufgabe betrauen. Unsere Vertreter in der Provinz haben die Neigung, uns unverschämt hohe Spesenrechnungen zu schicken, und unser alter Mitarbeiter, der sie seit Jahren kontrolliert, läßt sich von ihnen hinters Licht führen oder drückt allzuoft beide Augen zu.«

Ohne sich im geringsten zu schämen, erzählte er Anne-Marie von dieser Unterredung. Sie schimpfte ihn lachend einen Handlanger.

Er hatte auf die Heirat gedrängt.

»Warum eigentlich? Wir können doch auch so zusammenleben!«

Er legte ihr seine Gründe nicht weiter dar. Das wäre ihm wohl auch recht schwergefallen, denn am Ende hätte er sich eingestehen müssen, daß es ihm vor allem darum zu tun war, sie auf diese Weise an sich zu ketten. Solange sie nur zusammen wohnten, würde er ihrer nie wirklich sicher sein und sich beim Nachhausekommen stets voller Angst fragen, ob sie ihn nicht verlassen hatte.

Schließlich hatte sie achselzuckend eingewilligt, sich den Anschein gegeben, ihre Heirat als einen Witz zu betrachten und war, als sie das Standesamt des 17. Arrondissements verließen, in unbändiges Gelächter ausgebrochen. Dennoch hielt sie sich etwas darauf zugute, nunmehr eine verheiratete Frau zu sein.

»Wolltest du denn nie heiraten?«

Sie blickte ihn mit einem eigentümlichen Gesichtsausdruck an.

»Antworte!«

»Natürlich, du Dummerchen!«

»Warum?«

»Ich weiß auch nicht. Vermutlich weil das den Mädchen von klein auf eingebleut wird.«

»Und doch hast du es nicht getan?«

»Vielleicht hat mir niemand einen Antrag gemacht.«

Er kam immer wieder auf dieses Thema zurück. Das war so seine Art, die er schon an sich hatte, als sie sich kennenlernten. In der Klinik hatte er nicht alle Fragen restlos klären können, das mußte er jetzt nachholen.

»Macht dir deine Arbeit Spaß?«

»Die oder eine andere!«

»Was würdest du denn gern tun?«

»Weißt du denn, was du wirklich willst? Man nimmt halt, was kommt.«

Anne-Maries Antworten verschafften ihm keine Klarheit. Die gewann er nach und nach. Er setzte es durch, daß sie ihren Beruf aufgab, denn sonst hätte er sie fast nie zu Gesicht bekommen. Auf einen Liebhaber wäre er gar nicht so eifersüchtig gewesen, aber zu wissen, daß sie einen Patienten umsorgte, das hätte er nicht ertragen.

»Sich nur weibliche Patienten auszusuchen, ist unmöglich.«

»Das einfachste wäre, überhaupt nicht mehr zu arbeiten.«

»Was soll ich dann den ganzen Tag tun?«

»Was dir Spaß macht.«

Anne-Maries möblierte Wohnung in der Rue Villaret-de-Joyeuse diente ihnen fürs erste als Unterkunft.

Ein Maleratelier war zu einem Wohn- und Schlafzimmer umgebaut worden, außerdem hatten sie ein Bad und eine kleine Küche.

»Du erwartest doch hoffentlich nicht, daß ich eine gute Hausfrau werde!«

»Wir gehen auswärts essen.«

Er war davon recht angetan. Er hatte sich vorgenommen, sich an ihre Lebensweise anzupassen, deshalb drängte er auch darauf, daß sie ihn in die Rue du Saint-Gothard begleitete, wo er einen Trödler hinbestellt hatte, der seine Möbel abholen sollte.

Die Armseligkeit und Trostlosigkeit seiner ehemaligen Behausung überraschten selbst ihn. Die Concierge hatte die Goldfische weggeworfen. In dem Aquarium auf dem Tisch stand noch fauliges Wasser, das eine grünliche Färbung angenommen hatte. Neben dem Waschbecken hing ein schmutziges Handtuch, in der Kaffeekanne schimmelte Kaffeesatz. Draußen schien die Sonne, so daß die Wohnung noch düsterer wirkte.

»Begreifst du jetzt?« fragte er, nachdem sie schweigend durch die beiden Räume gegangen waren.

»Und hier hast du siebzehn Jahre lang gelebt?«

»Sogar ein wenig länger.«

»Ganz allein? Niemand kam dich besuchen?«

«Nein, niemand.«

Am meisten beeindruckte sie der Besenschrank. Sie seufzte:

»Alles tadellos aufgeräumt.«

»Ja.«

»Hast du absichtlich so ein Leben geführt?«

»Wieso?«

»Halt das Ganze. Manche werden Mönche und geißeln sich, um Buße zu tun.«

Am Abend mußte er sie in ein teures Restaurant ausführen, doch ließ er sich weder zu einem Aperitif noch zu einem Glas Wein überreden. Also trank sie allein. Sie brauchte Alkohol. Nach ein paar Gläsern hatte sich ihre Stimme verändert. Sie wurde laut, redete wildfremde Leute an. Gegen ein Uhr packte sie irgendwelche Unbekannten am Arm und verkündete in feierlichem Ton, als hätte sie ihnen eine außerordentliche Neuigkeit mitzuteilen:

»Das ist mein Mann!«

Sie brach in exaltiertes Gelächter aus.

»Er hat Angst, daß ich dummes Zeug schwatze. Ich darf doch wohl sagen, daß er mein Mann ist?«

Später deutete sie auf eine junge Frau an der Bar.

»Siehst du das Mädchen dort, Maurice? Also, mit der solltest du schlafen. Sie hat einen schöneren Hintern als ich, und du bist doch scharf auf schöne Hintern. Doch, doch! Ich weiß das ganz genau. Da ist doch nichts dabei! Geh zu ihr und frag sie! Oder soll ich es tun? Ich werde ihr sagen:

›Mademoiselle, mein Mann möchte gern mit Ihnen schlafen, weil Sie einen so schönen Hintern haben. Mir macht das nichts aus, denn ich bin nicht eifersüchtig. Wir sind verheiratet, müssen Sie wissen.‹«

Ob er nicht eines Tages auch den Versuch wagen sollte, ein Gläschen zu trinken? In jener Nacht wurde ihr übel. Er war sehr fürsorglich, geriet keineswegs in Harnisch, sondern freute sich eher darüber, daß sie von ihm ins Bett gebracht werden mußte.

»Habe ich gestern Unsinn verzapft?«

»Nein.«

»Wollte ich dich nicht mit einer Kleinen im blauen Satinkleid verkuppeln?«

»Das ist völlig unwichtig.«

»Hätte dir das denn keinen Spaß gemacht?«

»Das kam mir gar nicht in den Sinn.«

»Tu dir bitte keinen Zwang an! Ich bin wirklich nicht eifersüchtig. Ich kenne die Männer. Vor mir brauchst du keine Geheimnisse zu haben. Möchtest du nicht mal mit Jeannette schlafen?«

Sie trafen sich von Zeit zu Zeit mit ihr.

»Nein.«

»Es täte dir aber gut.«

»Und wenn ich überhaupt keine Lust dazu habe?«

»Es wär eine Abwechslung für dich. Ich habe keine Angst. Wir laden sie in den nächsten Tagen einmal zum Abendessen ins Restaurant ein, und du bringst sie nach Hause. Sie weiß dann schon, warum.«

Sie kam nicht wieder darauf zu sprechen, doch eines Abends, als er in die Gaststätte trat, wo sie sich verabredet hatten, saß Jeannette bei seiner Frau. Beim Nachtisch behauptete Anne-Marie, Kopfschmerzen zu haben, und machte sich allein auf den Heimweg.

»Du begleitest doch Jeannette nach Hause? Laß dir Zeit!«

Er ging mit ihr zum Hotel in einer Seitenstraße der Rue Douai, wo sie ein Zimmer hatte.

»Anne-Marie hat uns absichtlich allein gelassen«, bemerkte Jeannette, während sie ihre Tür aufsperrte. »Ist das Ihre Idee?«

»Nein, Anne-Maries.«

»Vielleicht hat sie recht. Möglicherweise würde ich an ihrer Stelle genauso handeln. Oder doch lieber nicht.«

Er empfand keine Lust dabei. Sie auch nicht. Sie waren beide nicht recht bei der Sache. Nur um sich nichts zu vergeben, hatten sie den Akt nicht vorzeitig abgebrochen.

Als er nach Hause kam, lag Anne-Marie lesend im Bett.

»Glücklich? Oder hat Jeannette dich enttäuscht? Dabei hat sie eine viel bessere Figur als ich.«

An jenem Abend überfiel ihn ein starkes Mißbehagen. Nicht wegen Jeannette und dem Vorfall im Hotel. Auch mit Anne-Marie hatte es nichts zu tun. Es war nicht recht greifbar. Als er im Zimmer umherblickte, vermeinte er plötzlich, weiß Gott warum, sich in einem Schiff zu befinden, dabei war er noch nie zur See gefahren.

Anne-Marie verschlang eine Unmenge an Büchern. Sie blieb morgens lange im Bett, denn nachdem sie ihm das Frühstück bereitet hatte, legte sie sich wieder hin. Sie kannten inzwischen sämtliche Gaststätten ihres Viertels. Eines Abends machte sie ihm den Vorschlag:

»Und wenn ich morgen mal versuche, uns ein Abendessen zu kochen?«

Er fand die Idee amüsant. Das Essen schmeckte nicht, doch zwei Tage darauf kaufte sie sich ein Kochbuch, und noch am selben Abend fand er einen ganzen Satz nagelneuer Kochtöpfe vor.

»Ich habe nachgedacht, Maurice. Ich weiß nicht, was

du davon hältst, aber schon seit einiger Zeit würde ich gern mit dir darüber reden. Wirst du mich auch nicht auslachen? Versprich's mir!«

»Ich verspreche es dir.«

»Ich würde gern hier ausziehen. Hast du etwas dagegen?«

»Nein.«

»Noch etwas! Ich möchte nicht wieder in einer möblierten Wohnung leben, sondern in unserem eigenen Heim.«

War das nicht schon eine Antwort auf seine Frage? Sie fand die neue Wohnung in derselben Straße, zwei Häuser weiter.

»Meinst du, daß wir uns Möbel leisten können?«

Er ließ ihr freie Hand, und sie entschied sich für eine rustikale Einrichtung. Über einen Monat war sie fieberhaft mit der Gestaltung der Wohnung beschäftigt, schlug Nägel ein, nähte Gardinen, und um ihm eine Freude zu machen, wurden die Fenster mit Jalousien versehen.

»Findest du es hier nicht schöner als im Atelier?«

Hätte er offen zu sprechen gewagt, dann wäre die Antwort möglicherweise negativ ausgefallen. Er hatte so seine Zweifel. Das Atelier mochte er auch nicht. Nirgends fühlte er sich wirklich zu Hause. Nichts ersetzte ihm die warme, vertraute Atmosphäre des Zimmers in der Klinik. Am liebsten hätte er Anne-Marie gebeten, abends oder sonntags ihre Schwesterntracht mit dem weißen Häubchen anzulegen, aber das getraute er sich nicht.

Zu Anfang gingen sie oft aus, dann immer seltener,

da sie jetzt ihre Mahlzeiten zu Hause einnahmen. Ein- oder zweimal in der Woche gingen sie ins Kino oder ins Theater. Mitunter bestiegen sie am Samstagabend einen Zug, den sie auf gut Glück im Fahrplan herausgesucht hatten, und verbrachten das Wochenende in einem Strandbad der Normandie. Er konnte nicht schwimmen. Während sie badete, lag er im Sand. Mehrmals begegneten sie Männern, die Anne-Marie von früher kannte. Sie geriet dann keineswegs in Verlegenheit:

»Marcel... Ach Gott, Ihren Familiennamen habe ich vergessen... Ist ja auch nicht so wichtig... Mein Mann.«

Auch er empfand diese Situationen nicht als peinlich. Von Liebe war zwischen ihnen nie die Rede gewesen. Wer die beiden sah, hätte sie für gute Kumpel halten können.

Ob Anne-Marie wohl auf Abenteuer aus war? Diese Frage stellte er sich vor allem in der ersten Zeit, als sie beinahe jeden Abend ausgingen und überall Menschen trafen, die auf den Putz hauten. Dann stieg in ihm bisweilen der Gedanke auf, daß sie an eine solche Lebensart gewöhnt war und ihr diese muntere Ausgelassenheit jetzt bestimmt fehlte.

»Schau mal, das Paar am Tisch links, Maurice!«

»Meinst du den Herrn mit den graumelierten Haaren?«

»Ja. Das Mädchen arbeitet hier in der Nähe als Stenotypistin. Er hat beim Aperitif ihre Bekanntschaft gemacht und ihr drei oder vier Cocktails spendiert.«

»Woher weißt du das?«

»Weil es immer so abläuft. Sie ist nicht an die raffinierte Küche hier gewöhnt und schon halb betrunken. Sie hat lauter Gerichte bestellt, die sie zu Hause nie essen würde. Er erzählt ihr schlüpfrige Geschichten, um sie aufzugeilen und füllt unbemerkt dauernd ihr Glas nach. Sie werden dann zusammen schlafen.«

»Bringt das was?«

»Wem? Ihm oder ihr? Sie jedenfalls wird einen Monat lang Todesängste ausstehen, was sie aber nicht daran hindert, wieder damit anzufangen.«

Für ihn war Sex eher zweitrangig. In den ersten Wochen hatte er sich verausgabt, da er meinte, es würde sie glücklich machen. Doch eines Abends bemerkte sie mit einem Anflug von Selbstironie:

»Bist du nicht müde, Maurice?«

»Ein wenig schon.«

»Ich auch. Sogar sehr müde. Genau wie du. Es muß also nicht sein.«

Es rührte ihn, daß sie im Schlaf fast immer einen Arm um ihn legte, als ob auch sie fürchtete, ihn zu verlieren. Morgens war sie oft vor ihm wach. Wenn er die Augen öffnete, lag sie, den Kopf hoch auf das Kissen gebettet, neben ihm und blickte ihn nachdenklich an.

»Bin ich sehr häßlich?«

»Schön bist du nicht gerade, aber auch nicht häßlich.«

»Meine Mutter hat mir dauernd gesagt, ich sei häßlich. Ich glaubte ihr.«

»Hattest du deswegen Angst vor den Frauen?«

»Nein.«

»Wegen Krankheiten?«

»Nein, auch nicht. Jedenfalls war das nicht der Hauptgrund.«

»Wolltest du keine Sünde begehen?«

Das traf nicht wirklich den Kern der Sache, denn immerhin hatte er sich jede Woche in die Rue Choron begeben.

»Ich hatte auch keine Freunde«, sagte er, als würde er damit etwas erklären.

»Ja, allerdings. Im Grunde warst du ein Einzelgänger.«

Monsieur Pierre gehörte ebenfalls zu den Einzelgängern, darauf hätte Dudon schwören mögen. Er hatte einen Hausstand, eine Frau, einen Bekanntenkreis, aber das alles zählte nicht. Sein eigentliches Leben spielte sich innerhalb der vier Wände seines Büros ab.

Dudon war jetzt nicht mehr allein. Beim Nachhausekommen brauchte er nicht wie früher seinen Schlüsselbund aus der Tasche zu ziehen, das Licht einzuschalten und sich das Essen zu kochen. Wenn er nachts erwachte, spürte er einen warmen Leib an seiner Seite und hörte ihre regelmäßigen Atemzüge.

Jeden Morgen nahm er ein Bad und reinigte sich die Fingernägel.

»Weißt du, was ich vorher oft gemacht habe?«

»Nein, aber ich kann es mir denken.«

»Manchmal habe ich mich absichtlich nicht gewaschen und vierzehn Tage lang die Unterwäsche nicht gewechselt.«

»Um die Wäscherei zu sparen?«

Vielleicht war es besser, ihr nicht allzutiefe Einblicke in diese Dinge zu gewähren. Er war mit schmutzigen

Fingernägeln herumgelaufen, hatte sich nicht die Zähne geputzt und abends im Bett genüßlich seinen eigenen Geruch eingesogen, der seine innere Unruhe besänftigte. In seinem oft wochenlang nicht gelüfteten Zimmer herrschte ein solcher Gestank, daß ihm selber davon übel wurde.

Bestimmt empfanden manche Tiere in ihrem Bau eine ähnliche Wollust.

Plötzlich aber hielt er diesen Zustand nicht mehr aus, der Ekel vor sich selber oder einfach das Bedürfnis, ein Mensch wie jeder andere zu sein, trieb ihn in die Badeanstalt an der Rue Dareau, wo er ein heißes Bad nahm.

Anne-Marie aber hatte jetzt die Neigung, sich gehen zu lassen. Wenn er zum Mittagessen nach Hause kam, hatte sie sich nicht einmal gekämmt. Auf dem ungemachten Bett waren Wäschestücke verstreut, auf dem Plumeau lag ein Buch.

»Schon lange wollte ich dich um etwas bitten, Maurice, aber fühle dich bloß nicht verpflichtet, ja zu sagen. Ich würde gar nicht davon anfangen, wenn meine Schwester mir nicht mehrmals geschrieben hätte.«

»Welche Schwester?«

»Yolande, die älteste. Übrigens kann sie mir auf den Hut steigen. Bevor ich dich kennenlernte, war ich drei Jahre lang nicht in Nantes, und ich scherte mich einen Deut drum, wie sie darüber dachten. Und von Yolande lasse ich mir schon überhaupt keine Vorhaltungen machen.«

»Möchtest du, daß wir deine Eltern besuchen?«

»Mein Vater würde sich freuen. Dann hätte er wenigstens eine Tochter vorzuzeigen, die richtig verheiratet ist.«

Mitte Juli fuhren sie hin. Sie nahmen den Samstagnachtzug. Anne-Marie hatte die Familie von ihrer Ankunft benachrichtigt. Eine sechzehnjährige Göre und ein junges Mädchen, das etwa zwanzig Jahre alt sein mochte, erwarteten sie auf dem Bahnsteig.

»Aufgeregt?«

»Nicht die Bohne. Schau mal, da hinten am Zeitungsstand. Das sind meine Schwestern.«

Die Jüngere trug Shorts und sah aus, als käme sie eben vom Strand, die Ältere im weißen Kleid hatte zerzaustes Haar.

»Monique ... Arlette ... Mein Mann.«

Sie nahmen ein Taxi. Die Straßen waren wie ausgestorben. Monique, das Mädchen mit den Shorts, saß Dudon gegenüber. Ihre nackten Knie berührten die seinen. Sie musterte ihn neugierig und konnte sich das Lachen kaum verbeißen. Sie war eine zierlichere, kindlichere Ausgabe von Anne-Marie, während die Zwanzigjährige eher zugeknöpft dreinblickte.

»Wie geht's Papa?«

»Immer der alte.«

»Fahrt ihr dieses Jahr nicht nach Baule?«

»Angeblich haben wir kein Geld. Ich hab mir mein Fahrrad von meinem Taschengeld abgespart.«

»Und was ist mit Yolandes Rad?«

»Sie benutzt es nie, aber lieber würde sie es einer wildfremden Person schenken, als es mir zu leihen.«

»Und du hast es dir wirklich erspart?«

Sie verzog keine Miene, errötete nicht.

»Jedenfalls habe ich jetzt ein Fahrrad.«

»Und wie geht's Mama?«

»Sie schwebt in den Wolken, wie eh und je. Das war vielleicht ein Theater! Die Damastdecke mußte her, das Limoges-Geschirr und die Kristallgläser. Seit sechs Uhr morgens wirtschaftet sie in der Küche. Weiß der Himmel, wann sie sich endlich anzieht! Ich sollte ja eigentlich nichts verraten, aber ihr kriegt gratinierten Steinbutt. Erinnerst du dich noch daran?«

»Ja, allerdings.«

»Also, da hat sich nichts geändert. Mögen Sie gratinierten Steinbutt, Monsieur?«

»Er ist doch dein Schwager.«

»Momo kann ich jetzt noch nicht zu ihm sagen, dazu kenne ich ihn nicht lange genug. Mögen Sie also gratinierten Steinbutt oder nicht?«

»Ich entsinne mich nicht, je einen gegessen zu haben.«

»Aber jetzt werden Sie sich einen zu Gemüte führen. Bei jedem Ihrer Besuche wird Ihnen zu Ehren Steinbutt bereitet. Vermutlich gibt es Steinbutt bei der Hochzeit meiner Schwestern oder der meinigen, wenn wir uns je einen Mann angeln sollten, was ich sehr bezweifle. Jedesmal wird er verbrannt sein, jedesmal wird Mama schwören, daß ihr so etwas noch nie passiert ist, und wir alle werden das bezeugen müssen. So ist es doch, Ninie?«

Zu seiner Verwunderung war das Anne-Maries Kosename, der dann während des ganzen Tages durch das Haus schallte. Er hatte überhaupt den Eindruck, daß sie hier weniger seine Frau war, als vielmehr noch dieser Mädchenbande angehörte, die um sie herumschwirrte.

Als ihr Vater an der Wohnzimmertür erschien, warf Anne-Marie ihm einen besorgten Blick zu. Der Professor war ein hochgewachsener, hagerer Mann, der sich beim Gehen etwas nach vorne beugte, aber noch recht jugendlich wirkte. Auch ihm war ein wenig unbehaglich zumute. Er reichte Dudon zwar liebenswürdig die Hand, jedoch hatte es ihm beim Anblick seines Schwiegersohnes offensichtlich den Atem verschlagen.

So erging es allen Familienmitgliedern. Als die Mutter die Treppe vom ersten Stock herunterkam, wo sie Toilette gemacht hatte, schwankte sie plötzlich, als hätte sie einen Schock erlitten.

»Mein Mann, Mama.«

»Ja, dann herzlich willkommen, Monsieur.«

Er wußte nicht, wie Anne-Marie ihn in ihren Briefen dargestellt hatte. Ständig hörte er die Mädchen hinter den Türen kichern. Es war, als hätte ein toller Wirbelsturm das ganze Haus erfaßt. Sie brauchten ihn nur anzusehen, und schon wurden sie von einer unbezwinglichen Lachlust gepackt. Das war so auffällig, daß der Vater auf eine Ablenkung drängte.

»Sollen wir nicht einen kleinen Rundgang durch den Garten machen?«

Allerdings war das Gärtchen so winzig, daß die Stimmen aus dem Haus sie überallhin verfolgten.

»Sind Sie zum erstenmal in Nantes?«

»Ja, zum erstenmal.«

»Stammen Sie aus Paris?«

»Nein, aus Saintes.«

»Meine Tochter hat mir gesagt, Sie seien Geschäftsmann.«

»Ich bin in der Firma Gibet tätig.«

Zum Glück ging der Zug um fünf Uhr nachmittags. Als der vielbesprochene Steinbutt aufgetragen wurde, spürte Dudon einen fremden Fuß auf dem seinen. Die Göre starrte ihm herausfordernd ins Gesicht, um ihn endlich aus seiner Reserve zu locken.

»Sie haben wirklich Pech, Monsieur, noch nie ist mein Steinbutt . . .«

Anne-Marie aber kam aus dem Staunen nicht mehr heraus. Zu Anfang hatte sie ihn immer wieder besorgt angesehen. Doch nun, da sie sich davon überzeugt hatte, daß er sich zu benehmen wußte, warf sie ihm nur noch ermunternde Blicke zu.

»Fünf Töchter, Monsieur Dudon! Da können Sie sich vielleicht vorstellen, daß ich hier nicht viel zu melden habe. Ich habe mein Bestes getan, und das werde ich auch weiterhin . . .«

Der arme Kerl! Er wußte nicht, wie und wo seine Tochter ihn kennengelernt hatte, und das beunruhigte ihn sicher. Yolande, die Älteste, begnügte sich damit, ihm guten Tag und auf Wiedersehen zu sagen, richtete sonst kein einziges Wort an ihn und mischte sich nicht in den allgemeinen Trubel. Sie war ein sehr schönes Mädchen, aber ihre allzu regelmäßigen Züge verliehen ihrem Gesicht etwas Herbes und Unnahbares. Einmal bedeutete sie Anne-Marie, ihr in ihr Zimmer zu folgen, wo sie während einer halben Stunde eingeschlossen blieben. Es war unüberhörbar, daß die beiden miteinander stritten.

Den ganzen Tag über herrschte lastende Hitze. Eine sengende Sonne brannte auf das kleine Haus. Der

Lärm, die Schwüle, das schwere Essen und die allgemeine Erregung versetzten die Menschen in einen Zustand der Benommenheit, als befänden sie sich auf einer Kirmes, wo das Getöse und die mit Gerüchen gesättigte Luft einem das Gehirn vernebeln.

Als sie endlich im Zug saßen und einander in die Augen blickten, hatten sie das Gefühl, eine lange Fahrt mit der Achterbahn hinter sich zu haben. Anne-Marie, deren Züge vor Erschöpfung gedunsen waren, verzog den Mund, wie wenn sie ihn um Verzeihung bitten wollte. Jetzt sah sie aus wie ihre jüngere Schwester.

»War es sehr schrecklich für dich?«

Er entgegnete nur:

»Ich bin froh.«

»Bist du nicht völlig ausgelaugt?«

»Ich habe Kopfschmerzen. Das macht aber nichts.«

»Wie findest du meine Familie?«

»Sie sind lieb.«

»Mach dich nicht über mich lustig. Du hast dich wirklich tadellos benommen. Das sagte mir jedenfalls Papa beim Abschied. Am Schluß war er auch ziemlich mitgenommen. Was ist mit dir?«

Eben war der Zug mit einem Ruck angefahren, und er hatte die Hand an die Schläfe geführt.

»Nichts. Nur ein kleiner Schmerz. Es geht gleich vorüber.«

Das Abteil war voll. Sie konnten nicht miteinander sprechen. Bei jeder Erschütterung zog Dudon die Brauen zusammen, und sie sah ihn besorgt an.

2

Es war gegen elf Uhr. Er befand sich in seinem Büro, als das Haustelefon klingelte. Er hob ab und vernahm sogleich Monsieur Philippes Stimme, der diesmal keine Sekretärin bemüht hatte.

»Sind Sie im Augenblick sehr beschäftigt, Monsieur Dudon? Oder könnten Sie jetzt gleich auf einen Sprung zu mir kommen?«

Monsieur Pierre weilte schon seit zwei Wochen in Aix-les-Bains. Die meisten Angestellten gingen ebenfalls in Urlaub. Beinahe jeden Tag fuhren welche ab, kamen andere zurück. Die Büroräume wirkten schon allein deshalb so leer, weil fast alle Türen offenstanden, um Durchzug zu machen.

Monsieur Philippe war ständig zwischen Deauville, wo seine Familie die Ferien verbrachte, und Paris unterwegs. Er erschien zwei- oder dreimal in der Woche. Als Dudon bei ihm eintrat, ging er ihm entgegen, reichte ihm die Hand und blickte ihm aufmerksam ins Gesicht.

»Kommen Sie, Monsieur Dudon! Nehmen Sie Platz! Zigarette? Ach Gott, ich vergesse immer, daß Sie ja Nichtraucher sind.«

Damit sogleich klar wurde, daß es sich nicht um Geschäftliches handelte, setzte er sich nicht an seinen Schreibtisch, sondern auf die Armlehne eines Sessels am Fenster, das zur Avenue de l'Opéra hinausging.

»Wissen Sie, allmählich mache ich mir Vorwürfe, daß ich Sie in der Abteilung meines Schwagers eingestellt habe. Ich finde, Sie sehen nicht so wohl aus, wie ich es mir wünsche. Ich bin sicher, Sie überarbeiten sich. Selbstverständlich mache ich Ihnen keinen Vorwurf daraus, daß Sie Ihre Obliegenheiten so ernst nehmen, aber mir scheint, Sie vergessen, daß Doktor Jourdan Ihnen dringend anempfohlen hat, sich während einiger Monate noch zu schonen.«

Er wußte schon, worauf er hinauswollte.

»Hat meine Frau Sie aufgesucht?«

Beinahe hätte er ›Anne-Marie‹ gesagt, da Lacroix-Gibet sie ja auch bei ihrem Vornamen nannte. Im übrigen vermochte er sich nicht so recht daran zu gewöhnen, von ›meiner Frau‹ zu reden.

»Sie hat mich angerufen, das muß ich wohl gestehen, denn inzwischen weiß ich, daß Ihnen nicht so leicht etwas verborgen bleibt. Sie erzählte mir, daß Sie seit ein paar Wochen wieder Kopfschmerzen haben und sich weigern, den Arzt zu konsultieren. Ich habe mit ihm telefoniert. Das Ganze sieht nach einer Verschwörung aus, wie? Immerhin fühlte ich mich ein wenig für Sie verantwortlich und habe auch allen Grund dazu. Jourdan ist nicht beunruhigt, aber er möchte Sie unbedingt sehen. Morgen früh fährt er in Urlaub, und so haben wir für heute nachmittag eine Konsultation vereinbart. Ich gebe Ihnen vorsichtshalber seine Adresse.«

Er notierte auf einem Abreißblock: Rue Balzac 32.

»Er erwartet Sie um drei. Ich selber bin bis um sechs Uhr im Büro und würde, sobald Sie zurück sind, gerne mit Ihnen plaudern.«

Er gab sich den Anschein, die Sache auf die leichte Schulter zu nehmen, und das war Dudon gar nicht geheuer. Dabei hatte er doch alles getan, was in seinen Kräften stand, um Anne-Marie zu beruhigen. Er fühlte sich nicht wirklich elend, nur überfiel ihn mehrmals täglich ein stechender Schmerz im Kopf, der mit Schwindelgefühlen einherging. Einmal hatte er den Taxifahrer bitten müssen, ein paar Minuten anzuhalten, weil er das Gefühl hatte, er würde von einem Sog nach vorn gezogen, genau wie damals, als er im Krankenwagen in die Klinik gebracht wurde.

Zu Hause hatte er solche Anfälle nur ein- oder zweimal gehabt, aber Anne-Marie entging nicht die geringste Veränderung in seinem Gesicht, nicht das kleinste Anzeichen von Erschöpfung.

»Du solltest Doktor Jourdan konsultieren.«

»Er hat mir doch gesagt, daß das schon mal vorkommen kann.«

Er gab sich alle Mühe, die Sache zu verharmlosen, aber jetzt hatte er den Beweis dafür, daß sie sich nicht täuschen ließ. Seit der Rückfahrt von Nantes lebte er in Angst und Schrecken. Um keinen Preis wollte er krank werden, und schon gar nicht während der Abwesenheit von Monsieur Pierre. Er fühlte sich bedroht, ja er fürchtete sogar, daß man seinen Zustand zum Vorwand nehmen würde, um sich seiner zu entledigen.

»Ich habe mir erlaubt, Sie bei Doktor Jourdan anzumelden. Ich kann doch auf Sie zählen?«

Er klopfte ihm auf die Schulter.

»Sind Sie glücklich, Monsieur Dudon?«

»Ja, Monsieur Philippe.«

»Sie tragen mir doch hoffentlich den Unfall nicht mehr nach?«

»Ich habe Ihnen nie etwas nachgetragen.«

Selbst in den Büroräumen herrschte Ferienstimmung, vor allem auf dieser Seite der Etage, wo sich die Stenotypistinnen keinen Zwang antaten, sondern im Nebenzimmer lautstark miteinander schwatzten. Durch die geöffneten Fenster drang der Straßenlärm von der Avenue de l'Opéra zu ihnen. Auf dem gegenüberliegenden Gehsteig sah man Flaneure: Frauen in hellen Kleidern und Männer, die ihr Jackett über dem Arm trugen. Monsieur Philippe war glänzender Laune. Wie immer rauchte er eine Zigarette mit einem Korkmundstück und stieß den Rauch durch die Nase aus.

»Nicht wahr, an jenem Abend haben Sie etwas gesehen?«

»Ich weiß nicht, worauf Sie anspielen.«

»Na, na! Sie haben sich überaus diskret gezeigt, und ich bin Ihnen sehr dankbar dafür. Unter uns gesagt – jetzt kann ich es Ihnen ja anvertrauen –, damals befand ich mich in einer mehr als peinlichen Situation. Ich erzähle Ihnen das wie einem guten Freund. Jetzt gehören Sie ja zur Firma und haben sich davon überzeugen können, daß meine Behauptung, wir seien eine große Familie, durchaus der Wahrheit entspricht. Ganz zufällig war eine Frau bei mir – natürlich in allen Ehren (freilich besagte sein Lächeln genau das Gegenteil) –, und diese Frau ist mit einem sehr prominenten Diplomaten verheiratet, der zum Glück inzwischen in ein anderes Land versetzt wurde. Sie haben sie gesehen.«

Er sagte nur:

»Sie trug einen weißen Hut.«

»Ja, genau. Und ein weißes Schleierchen. Warum ich mir so sicher war, daß Sie sie zu Gesicht bekommen haben, weiß ich selber nicht, nur hätte es mich interessiert, ob Sie sie erkannten, denn ihr Foto erschien oft in Zeitungen und Magazinen.«

»Nein, ich habe sie nicht erkannt.«

»Das macht auch keinen Unterschied. Sie haben sich ja ohnehin so diskret verhalten. Jetzt, da sie mit ihrem Mann abgereist ist, spielt das keine Rolle mehr, aber damals wäre es zu einem Skandal mit unabsehbaren Folgen gekommen. Ich wollte doch einmal mit Ihnen darüber reden und Ihnen erneut versichern, daß ich Ihre Verschwiegenheit sehr zu schätzen weiß.«

Er reichte ihm die Hand, den Handteller nach oben.

»Bis heute abend, Monsieur Dudon. Vergessen Sie nicht Ihre Verabredung mit Doktor Jourdan. Um drei.«

Es war einer jener Tage, an denen Maurice nicht zum Mittagessen nach Hause ging, um Rückstände aufzuarbeiten. Er pflegte sich in solchen Fällen nur eine halbe Stunde freizunehmen und rasch einen Imbiß in einem kleinen Restaurant der Rue d'Antin zu verzehren. Anne-Marie rief ihn kurz vor zwölf an. Das kam ganz selten vor.

»Wie geht es dir?«

»Bestens.«

»Läuft alles nach Wunsch? Gibt es etwas Neues im Büro?«

Sie fragte sich wohl, ob Monsieur Philippe mit ihm gesprochen hatte.

»Man hat es mir ausgerichtet«, entgegnete er mißlaunig.

»Bist du mir böse? Es war das einzige Mittel, damit du dich endlich dazu aufraffst. Gehst du auch hin?«

»Ja.«

»Maurice, bitte schildere ihm ganz genau, was in dir vorgeht, auch das, was du mir verheimlichst. Hallo! ...«

»Ja.«

»Du bist mir doch nicht böse?«

»Nein.«

»Gehst du jetzt gleich zum Essen?«

»In zwanzig Minuten.«

»Soll ich schnell ein Taxi nehmen und dich ins Restaurant begleiten?«

»Nein, ich habe sehr wenig Zeit.«

»Wie du meinst. Kommst du heute abend um die übliche Zeit nach Hause?«

»Außer der Doktor behält mich gleich da.«

Warum nur der bittere Unterton?

»Bist du wahnsinnig? Hör mal, Maurice, du mußt mir versprechen, nicht solchen Gedanken nachzuhängen. Glaubst du denn wirklich, was du eben gesagt hast?«

»Nein.«

»Schwörst du mir das?«

So ein Unsinn! Warum sollte er denn schwören? Was eigentlich?

»Ich schwöre es dir.«

Alle drei waren sie auf dem Holzweg: Anne-Marie, Monsieur Philippe und der Doktor. Sie hatten es ganz falsch angefangen. So erreichten sie nur das Gegenteil von dem, was sie bezweckten.

Er nahm seine Mahlzeit, abgesondert von den übrigen Gästen, in seinem Winkel ein. Jetzt kam es immer wieder vor, daß er, wenn er zum Beispiel seinen Hut an den Garderobenständer hängte, mitten in der Bewegung innehielt, um sie dann ganz langsam, mit größter Behutsamkeit zu Ende zu führen. Bis zwei Uhr nachmittags arbeitete er allein in den verlassenen Büroräumen, wo die Luft mit den Ausdünstungen der überhitzten Stadt und den Staubpartikeln von den Trottoirs gesättigt war.

Es blieben noch zahlreiche Akten zu erledigen, und manches hätte er doch gern mit Monsieur Pierre durchgesprochen.

Die anderen zeigten kein Interesse an seiner Arbeit. Vermutlich betrachteten sie ihn als eine Art Handlanger, wie Anne-Marie schon im Scherz angedeutet hatte. Sie feindeten ihn an, da sie völlig außerstande waren zu begreifen, was es mit der von ihm zu bewältigenden Aufgabe auf sich hatte, deren Bedeutung ja weit über den Rahmen der Firma Gibet hinausging.

Schon allein die Machenschaften, die er unlängst aufgedeckt hatte! Jeder andere hätte sich ins Bockshorn jagen lassen. Justin Béchère zählte zu den Pächtern mit musterhaften Unterlagen. Seine Zweigstelle in der Rue du Faubourg-Saint Honoré war eine der größten in Paris.

Er hatte lange am Weinmarkt gearbeitet, bis er seine Anstellung aus gesundheitlichen Gründen aufgeben mußte. Man munkelte etwas von Bronchitis. In Wirklichkeit hatte er Tuberkulose. Seine eingefallenen und doch hochroten Wangen, seine fiebrig glänzenden Augen ließen keinen Zweifel daran aufkommen.

Seine Frau, eine kleine mollige Person, arbeitete wie ein Pferd und war dabei immer wohlgelaunt. Dieses Ehepaar hatte etwas Vertrauenerweckendes.

Doch als er eines Morgens gegen zehn Uhr den Laden betrat, spürte er sofort, daß Madame Béchère, die eben eine Kundin bediente, über sein Erscheinen zu Tode erschrocken war. Er hatte sie das letzte Mal vor einer Woche aufgesucht und wurde erst in einem Monat wieder erwartet.

»Justin! Justin!« rief sie durch die offene Tür in ihrem Rücken. »Monsieur Dudon ist da!«

Er wartete. Es verstrich eine lange Zeit. Schließlich hörte er leise tappende Schritte in der Küche, als ob sich jemand auf Zehenspitzen bewegte, und dann das knirschende Geräusch des Wasserhahns und des spritzenden Wassers, unter dem sich jemand die Hände wusch.

»Entschuldigen Sie bitte, Monsieur Dudon. Ich war gerade dabei, da hinten aufzuräumen.«

Justin Béchère sah man ebenfalls die Angst an. Das Ehepaar tauschte einen langen Blick.

»Ich hoffe, ich habe keine Fehler in der Abrechnung gemacht. Ich tue mein Bestes, aber ich habe nie besonders gut rechnen können, und mein Sohn muß mir helfen.«

»Ich war zufällig in Ihrer Nähe und wollte nur schnell einmal hereinschauen, um nachzufragen, ob alles in Ordnung ist und die Kundschaft nichts am neuen Chablis auszusetzen hat.«

Er brauchte nur eine Viertelstunde, um die Sache aufzudecken. Er ging im Laden umher und bemerkte, daß Madame Béchère einen besorgten Blick auf die Füße ihres Mannes warf, als wolle sie ihm anraten, andere Schuhe anzuziehen. Die Sohlen waren feucht und hinterließen Spuren auf dem Fußboden. Dabei hatte es seit acht Tagen nicht geregnet. Außerdem kam Justin von draußen, und es war wohl nicht anzunehmen, daß er gerade mit dem Wäschewaschen beschäftigt war.

Aber es gab noch andere Indizien.

Die Frau hatte sehr laut nach ihm gerufen.

Der Ehemann war auf Zehenspitzen in die Küche geschlichen und hatte sich dort die Hände gewaschen.

Seine Schuhsohlen waren feucht.

Dudon wanderte von einem Fach zum anderen, strich über die verschiedenfarbigen Kronkorken. Er stellte gleichgültige Fragen über den Verkauf des einen oder anderen Weines. Als er an die Rückwand des Ladens hinter der Theke gelangte, begann Madame Béchère nervös an ihrer Schürze zu nesteln, während Justin einen Hustenanfall bekam.

»Ich verstehe nicht, warum man Ihnen Flaschen geliefert hat, die nicht mit den Kronkorken der Firma versehen sind? Haben Sie den Fahrer darauf aufmerksam gemacht?«

Die Etiketten trugen sehr wohl die Aufschrift »Dépôt Gibet« und den Vermerk »Bordeaux Supérieur«, doch an den blauen Kronkorken fehlten die eingestanzten Initialen »D. G.«, das Markenzeichen der Firma Gibet.

Er hatte sein Notizbuch hervorgeholt, so daß er jetzt wie ein Polizist wirkte.

»Packen Sie mir doch bitte diese Flasche ein, Monsieur Béchère, und sehen Sie nach, wann sie Ihnen geliefert wurde. Wir müssen unbedingt herausfinden, wo sich der Fehler eingeschlichen hat.«

Monsieur Pierre wäre ihnen vielleicht auf den Leim gegangen. Er nicht.

»Haben Sie einen Keller?«

»Nein. Das heißt, wir haben eine Art Schuppen. Vom Hof aus führt eine kleine Treppe hinunter.«

»Bevor ich im Hauptlagerhaus Nachforschungen anstelle, sollte ich mich vielleicht erst hier umsehen.«

»Ich muß Ihnen sagen, Monsieur Dudon ...«

»Gehen wir erst in den Keller.«

»Ich bitte Sie inständig, mich einen Augenblick anzuhören.«

Es war die Frau, die ihn so anflehte, und da ein Kunde den Laden betrat, lotste sie Dudon in die Küche. Der Tisch war mit einem braungewürfelten Tuch bedeckt, ein Hase schmorte auf dem Gasherd. Sie redete leise auf ihn ein, unterdessen bediente ihr Mann im Laden.

»Seit einigen Wochen hat sich sein Zustand sehr verschlechtert. Er selber weiß es nicht, aber der Arzt sagt, daß seine Tage gezählt sind. Ich kann Sie nicht daran hindern, in den Keller zu gehen. Ja, Sie werden dort ein Zweihundertzwanzig-Liter-Faß vorfinden. Aber seine Schuld ist es nicht. Eher schon die meine. Mein Schwager, der Mann meiner Schwester, der Weinberge im Médoc besitzt, hat mir diesen Wein geschickt. Wir hätten ihn trinken können. Doch das schadet meinem Mann. Ich selber lege auch keinen Wert darauf. Er muß sich einer sehr kostspieligen Behandlung unterziehen, und das Studium unseres Sohnes ist sehr teuer, ganz zu schweigen von der Kleidung. Ich fand, daß wir niemandem ein Unrecht antun, wenn wir diesen Wein weiterverkaufen. Da wir in unserem Laden nur Gibet-Weine führen dürfen, kam ich auf die Idee, ihn in die leeren Flaschen, die man uns zurückbringt, abzufüllen.«

Sie weinte, wischte sich die Augen mit dem Schürzenzipfel ab.

»Was macht das den Herren schon aus, die ohnehin so reich sind? Ich bin sicher, daß Sie uns verstehen, Monsieur Dudon, denn Sie kommen aus demselben Milieu wie wir, nur sind Sie ein Studierter. Laß uns allein, Justin! Bleib im Laden! Es ist besser, ich rede mit Monsieur Dudon. Du regst dich nur unnötig auf.«

»Haben Sie die Bescheinigung der Regie aufbewahrt?«

Sie handelte, ohne zu denken. Solche Leute erfinden die verwickeltsten Geschichten, aber das verräterische Detail entgeht ihnen.

Sie öffnete eine Schublade des Geschirrschranks, die allen möglichen Kleinkram enthielt: Fotos, Bindfaden, Prospekte, Gasrechnungen, Versicherungspolicen und eine Brieftasche, die zu groß war, als daß man sie hätte in die Brusttasche stecken können.

Sie suchte fieberhaft, und als sie endlich einen gelben Schein in der Hand hielt, ahnte sie nicht, daß sie damit ihr Schicksal besiegelte.

Sie lächelte vielmehr, so sicher war sie, die Partie gewonnen zu haben.

»Wir haben kaum die Hälfte abgefüllt. Außerdem hat mein Sohn einen Teil des Weins getrunken. Ich zeige Ihnen gern, wieviel noch bleibt...«

»Diese Bescheinigung wurde vor zwei Jahren ausgestellt. Es kann also nicht die richtige sein. Haben Sie nicht noch andere?«

Sie fand drei weitere, dann wurden es vier, fünf. Immer war es derselbe Absender. Endlich begriff sie, was hier gespielt wurde, und die Röte stieg ihr in die Ohren.

»Vermutlich finden Sie noch mehr, Madame Béchère. Wie dem auch sei, die Abschnitte werden ohnehin bei der Regie in Saint-Maximim aufbewahrt. Ich komme wieder.«

Dieser Schleichhandel hatte vor mindestens zwei Jahren begonnen, vielleicht auch schon vorher, denn irgendwann mußte man die überquellenden Schubladen ja ausmisten.

Er hatte noch keine Anwort aus Saint-Maximim erhalten. Doch die würde bald eintreffen. Er hatte niemanden im Büro von der Sache in Kenntnis gesetzt, nicht einmal Monsieur Pierre.

Er durfte einfach nicht krank sein. Wenn Anne-Marie nicht Monsieur Philippe angerufen hätte, wäre er jetzt nicht gezwungen, den Arzt aufzusuchen, und seine Anfälle wären von selbst wieder vergangen.

Er fuhr mit dem Taxi in die Rue Balzac. Die Praxis befand sich in einem prächtigen Gebäude. Die schmiedeeiserne Tür war innen verglast, das Vestibül mit Marmor verkleidet. Der Hausmeister trug eine königsblaue Uniform.

»Dritter Stock.«

»Rechts oder links?«

Eine solche Frage war hier fehl am Platz. In diesen Kreisen pflegte man immer nur die ganze Etage zu mieten. Eine Kammerzofe öffnete ihm die Tür. In der Diele sah er Golftaschen und -schläger, sowie vier oder fünf Rackets. Irgendwo plapperte eine Kinderstimme.

»Der Herr Doktor wird Sie sogleich empfangen.«

Sie führte ihn in den Salon. Dort prangte ein Flügel, auf dem die Fotografien einer jungen blonden Frau und der Kinder standen. Moderne Gemälde belebten die weißen Wände mit leuchtenden Farbtupfern.

»Kommen Sie bitte, Monsieur Dudon.«

Er zuckte zusammen, denn er hatte in die entgegengesetzte Richtung geblickt und den Arzt nicht kommen hören. Jourdan erschien in Hemdsärmeln und grauer Flanellhose, ohne Krawatte.

»Heute mittag beginnt offiziell mein Urlaub, aber es lag mir doch sehr daran, Sie zu sehen. Gehen wir doch in mein Sprechzimmer!«

Er wies ihm einen Stuhl an, wo das Licht ihm voll ins Gesicht schien und sah ihm aufmerksam in die Augen.

»Schwindel?«

»Manchmal.«

»Dabei heftige Schmerzen?«

»Meistens kommt der Schmerz als erstes. Ich will versuchen, es Ihnen zu erklären. Ich mache irgendeine Bewegung, ganz ohne Hast, und plötzlich habe ich das

Gefühl, daß sich irgend etwas unter meiner Schädeldecke verschiebt.«

»Sehen Sie dann schwarze Flecken?«

»Nein, das kann ich eigentlich nicht sagen.«

Jourdan leuchtete ihm mit der Lampe direkt in die Augen, Dudon spürte die Hitze auf der Haut.

»Mir ist zu Ohren gekommen, daß Sie in letzter Zeit sehr hart gearbeitet haben.«

»Halt gearbeitet.«

»Grenzt Ihr Pflichtgefühl nicht schon an Besessenheit?«

»Hat man Ihnen das gesagt?«

Das Wort Besessenheit paßte ihm gar nicht. Bestimmt hatte Monsieur Philippe es gebraucht, was darauf schließen ließ, daß man sich auf seiner Seite der Etage, die zur Avenue de l'Opéra hinausging, über ihn den Mund zerriß. Was verstanden sie unter Besessenheit? Hatte dieses Wort nicht einen abwertenden Beigeschmack?

»Man hat mir nur berichtet, daß Sie es mit Ihren Obliegenheiten sehr genau nehmen.«

Auch diese Bemerkung ärgerte ihn. Schwang da nicht ein wenig der »Handlanger« mit, als den Anne-Marie ihn bezeichnet hatte?

Wie kam Monsieur Philippe dazu, so vertraulich mit ihm zu reden? Ohne jeden Grund hatte er ihm von der Dame mit dem weißen Hut erzählt, als wären sie gleichrangig oder gar miteinander befreundet. Es fehlte nicht viel, und er hätte Intimes ausgeplaudert.

»Ich fühle mich überhaupt nicht abgespannt.«

Er gab sich den Anschein, seine Anfälle als unerheblich abzutun, doch der Arzt nahm sie durchaus ernst, so daß er allmählich wirklich Angst bekam, nicht nur vor der Krankheit, sondern auch vor der Möglichkeit, daß man sie vorschützte, um sich seiner zu entledigen.

»Kommen Sie bitte mit ins Untersuchungszimmer.«

Es war ein kleiner, fensterloser Raum, der nur Instrumente und einen schmalen Diwan mit einem schwarzen Lederpolster enthielt.

»Muß ich mich ausziehen?«

»Das ist nicht nötig. Machen Sie es sich bequem. Legen Sie Ihr Jackett und Ihre Krawatte ab. Entspannen Sie sich!«

Er trat rasch ins Nebenzimmer, um einen Telefonanruf zu beantworten. »Hallo! Nein! Ausgeschlossen. Ich weiß! Ich weiß! Das heißt es immer. Er soll sich an Doktor Doncœur wenden, der jederzeit nach ihm schaut. Ich habe ihn instruiert.«

Die Untersuchung nahm fast eine Stunde in Anspruch. Dudon hatte das Gefühl, von der Außenwelt abgeschnitten zu sein. Er gab sich keine Mühe mehr, einen scherzhaften Ton anzuschlagen, wagte nicht einmal, Fragen zu stellen. Es war ihm völlig entfallen, daß Doktor Jourdan ein Mann war wie jeder andere, der errötete, wenn er in einem kleinen Büro am Flurende Anne-Maries Taille umfaßte. Widerspruchslos fügte er sich den Anweisungen des Arztes.

Endlich saßen sie wieder im sonnendurchfluteten Sprechzimmer.

»Ich glaube nicht, daß Sie im Augenblick oder in der nächsten Zeit etwas zu befürchten haben, aber es ist unumgänglich, daß Sie ausspannen.«

Er sprach in zwanglosem Plauderton weiter:

»Mir scheint doch, daß Sie wie jedermann Anrecht auf zwei bis drei Wochen Urlaub haben. Nehmen Sie ihn doch jetzt gleich!«

»Schon morgen?«

»Sobald wie möglich. Ich weiß nicht recht, ob ich Ihnen zu einem Aufenthalt am Meer raten soll. Lieben Sie das Meer?«

»Nicht sonderlich.«

»Dann wäre es vielleicht besser, Sie erholen sich in einem ruhigen Ort auf dem Land. Suchen Sie sich mit Ihrer Frau ein gutes Gasthaus und gehen Sie angeln.«

»Ich angle nicht.«

»Dann machen Sie eben kleine Spaziergänge. Legen Sie sich ins Gras. Ich verschreibe Ihnen Tabletten, die Sie bei Auftreten der Schmerzen nehmen und die Ihnen rasch Linderung verschaffen.«

»Muß ich wirklich wegfahren?«

»Ja, Sie müssen sich unbedingt ausruhen.«

»Zwei Wochen lang?«

»Vier wären mir lieber, aber das ist Ihre Sache.«

»Ich danke Ihnen, Herr Doktor.«

»In vierzehn Tagen bin ich auch wieder zurück. Rufen Sie mich an. Ihre Frau hat meine Nummer.«

Bestimmt hätte ihm der Doktor gern noch weitere Fragen gestellt, das ersah Dudon schon aus der Art, wie er ihn anblickte, aber er gab ihm nicht die Gelegenheit, steckte das Rezept in seine Brieftasche, knöpfte das Jackett zu und hielt nach seinem Hut Ausschau.

»Ich wünsche Ihnen einen schönen Urlaub.«

»Ich Ihnen auch, Herr Doktor.«

Als er ins Büro zurückkam, fand er auf seinem Schreibtisch einen Zettel vor, der ihn zu Monsieur Philippe beorderte. Dieser hatte sich umgekleidet und trug nun einen hellen Sportanzug. Sein Wagen stand, wie Dudon vermerkt hatte, neben dem Hauseingang und war mit Golf- und Tennisschlägern vollgeladen.

Lacroix-Gibet begann sogleich zu reden:

»Na sehen Sie, es liegt kein Grund zur Besorgnis vor, aber es war trotzdem vernünftig, Jourdan aufzusuchen. Er hat mich gleich nach der Konsultation angerufen, um mir, wie abgesprochen, Bescheid zu geben. Ich habe auch meinen Schwager telefonisch erreicht, und er ist derselben Meinung wie ich.«

»Daß ich in Urlaub gehen soll?«

»Sie werden morgen früh abreisen. Jetzt bleibt noch ein kleines Problem, das wir am besten unter vier Augen regeln. Sie nehmen keinen gewöhnlichen Urlaub, vielmehr sehen Sie sich infolge Ihres Unfalls gezwungen, zeitweilig mit der Arbeit auszusetzen. Daher versteht es sich von selbst, daß die Unkosten, die Ihnen und Ihrer Frau daraus entstehen, auf meine Rechnung gehen. Wissen Sie schon, wohin Sie fahren werden?«

»Nein, noch nicht.«

»Wo haben Sie voriges Jahr Ihren Urlaub verbracht?«

»Ich habe nie Urlaub genommen.«

Bei dieser Antwort zuckte sein Gegenüber förmlich zusammen.

»Was? Sie sind nie aufs Land gefahren?«

»Doch, in letzter Zeit war ich sonntags mit Anne-Marie manchmal am Meer.«

Warum sollte er denn eigentlich nicht ihren Vornamen benutzen?

»Sie soll Ihnen ein ruhiges Plätzchen ausfindig machen, freilich nicht allzuweit von einer Stadt entfernt, wo es einen guten Arzt gibt. Das beste wäre vielleicht, ich riefe sie jetzt gleich an. Sie haben doch nichts dagegen?«

Er telefonierte in einem Büro nebenan.

»Sie brauchen uns nur Ihre Adresse mitzuteilen, damit wir wissen, wo Sie sich aufhalten. Ich habe Ihnen einen Scheck ausgestellt, der schon einen Teil Ihrer Unkosten deckt.«

Warum nur war er den Tränen nahe, als er Monsieur Philippes Büro verließ? Man war doch nett zu ihm, ja viel zu nett. Das konnte nicht mit rechten Dingen zugehen! Man verfuhr mit ihm, als wollte man ihm etwas verheimlichen, nicht viel anders als Madame Bèchère und ihr Mann. Als es kurz vor sechs an seiner Tür klopfte und Anne-Marie ins Büro trat, mischte sich Befremden in seine Überraschung. Sie trug ein geblümtes Kleid, das er noch nie an ihr gesehen hatte, dazu einen großen Strohhut, der ebenfalls neu war. Seines Wissens kam sie heute zum erstenmal in die Geschäftsräume an der Avenue de l'Opéra.

»Jemand hat mir deine Bürotür gezeigt und gesagt, ich solle anklopfen.«

Er war damit beschäftigt, seine Akten wegzuräumen.

»Nun, was ist, Maurice?«

Er begriff nicht, warum sie ihn so anredete, noch den heiteren Funken, der in ihren Augen tanzte.

»Bist du mir böse?«

»Nein.«

»Ist das nicht phantastisch?«

»Was soll phantastisch sein?«

»Alles. Wir fahren in Ferien. Die Kosten werden uns bezahlt. Wir sind von morgens bis abends zusammen, ohne zu arbeiten, ohne Sorgen, genau wie in der Klinik.«

Er blickte sie aus den Augenwinkeln an.

»Warst du denn in der Klinik nicht glücklich?«

»Doch.«

»Nur bist du diesmal nicht krank! Ich kenne in Sancerre ein kleines Hotel direkt an der Loire. Es hat eine hervorragende Küche und sehr hübsche Zimmer.«

»Bist du oft dort gewesen?«

»Zweimal.«

»Mit wem?«

Er brachte sie aus dem Konzept. Noch nie hatte er ihr solche Fragen gestellt, in diesem Ton mit ihr geredet.

Er ließ nicht locker:

»Am Ende mit Monsieur Philippe?«

Sie mußte lachen.

»Ich kann dir schwören, daß ich nicht mit ihm dort war. Willst du es unbedingt wissen?«

»Nein.«

»Sollen wir woandershin fahren?«

»Das ist mir gleich.«

»Ich komme dich abholen, weil wir vor Ladenschluß noch Flanellhosen und Sporthemden für dich einkaufen müssen. Bist du mit deiner Arbeit fertig?«

»Was hat er dir gesagt?«

»Nur was du schon weißt.«

»Was?«

»Daß du drei Wochen nötig hast und ...«

»Zwei.«

»Gut, dann eben zwei. Zudem fühlt er sich verpflichtet, für die Kosten aufzukommen.«

»Ist das alles?«

»Ja, das ist wirklich alles.«

»Bist du nicht in seinem Büro gewesen?«

»Er war schon weggegangen.«

»Woher weißt du das?«

»Ich habe den Mann am Eingang gefragt.«

»Warum?«

»Du bist ja eifersüchtig, Maurice! Na, sag mal, fängst du jetzt an, eifersüchtig zu werden?«

Sie schien darüber erfreut. Er knurrte:

»Ich bin nicht eifersüchtig.«

»Vergiß nicht, das Medikament, das der Arzt dir verschrieben hat, in der Apotheke zu holen.«

»Also hat Doktor Jourdan auch dich angerufen?«

»Nein, ich habe mit ihm telefoniert. Ich war beunruhigt.«

Wenn es möglich gewesen wäre, hätte er sein Büro abgesperrt. Er traute keinem, und schon gar nicht in Abwesenheit von Monsieur Pierre. Wer weiß, vielleicht würde gar jemand Papiere aus seinen Akten entwenden? Manche Leute versuchten ja, über seinen Kopf hinweg ihren Willen durchzusetzen und kamen in die Avenue de l'Opéra, da sie hofften, einen der stellvertretenden Direktoren für sich einzunehmen. Diese waren in seine Arbeit nicht eingeweiht, aber es schmeichelte ihnen, daß man ihnen einen weitreichenden Einfluß zutraute.

Ein einziger Aktenschrank ließ sich absperren, doch war er zu klein, um alle Papiere darin unterzubringen. Die wichtigsten Akten, wie die Bécheres, hatte er dort eingeschlossen, aber es konnte sehr wohl sein, daß jemand in der Firma einen Nachschlüssel besaß.

Als sie aufbrachen, befand sich niemand mehr in den Büroräumen. Fast alle Geschäfte hatten bereits geschlossen. Er fühlte sich abgespannt. Am liebsten wäre er nach Hause gefahren und hätte die Reisevorbereitungen noch ein wenig hinausgeschoben.

»Wir bekommen vielleicht gar keine Fahrkarten mehr für morgen.«

»Ich habe unsere Plätze schon reserviert.«

»Und dort, in... Wie hieß der Ort nochmal?«

»Sancerre. Bei Nevers. Ich habe angerufen.«

»Bestimmt hast du dich auch vergewissert, daß es in Nevers einen guten Facharzt gibt.«

»Doktor Jourdan hat mir dort einen empfohlen.«

Er feixte.

»Wetten, daß er ihn über meinen Fall instruiert hat. Das soll ja so üblich sein.«

Er hatte das einfach so hingesagt, mehr um einen Witz zu machen. Als sie ihm erwiderte, daß das tatsächlich der Fall war, durchfuhr ihn ein Schreck. Am Ende war er doch krank!

»Was befürchtet er denn?«

»Gar nichts. Er trifft eben seine Vorsichtsmaßnahmen.«

»Wogegen denn?«

»Gegen alle Arten von Komplikationen, die eventuell eintreten könnten. Gefallen dir diese Hemden?«

»Nein.«

»Und die dort hinten?«

»Auch nicht.«

Er hatte beschlossen, eklig zu sein. Im Inneren des Geschäfts äußerte er sich nur einsilbig, stierte mit ausdruckslosen Augen die Verkäufer an. Er erblickte sich in einem dreiteiligen Spiegel, angetan mit einer zu langen und zu engen Hose, die in einer halben Stunde geändert sein sollte, ärgerte sich über seine schiefe Nase und seine übergroßen Ohren.

Anne-Marie zeigte sich weiterhin fröhlicher Laune, was er als schlechtes Zeichen deutete. Zweifellos hatte man auch sie instruiert.

Er stand vor einer überaus schwierigen Aufgabe, die nur er allein bewältigen konnte. Und jetzt hatte er erst die Vorarbeiten geleistet. Eine Akte hatte er wirklich durchgeackert. Überall in Paris gingen Leute wie Madame Pernette und Justin Béchère ihren kümmerlichen Betrügereien nach.

Bevor Monsieur Pierre in Urlaub gefahren war, hatte er ihn zu einem Gespräch in sein Büro geladen und ihm kluge Dinge gesagt, die ihm zu denken gaben.

»Sehen Sie, Monsieur Dudon, diese Leute verteidigen sich mit dem Argument, daß sie nur eben soviel verdienen, wie sie zum Leben brauchen. Und damit wollen sie ihre Unredlichkeit entschuldigen.

Unsere Firma existiert jetzt seit sechzig Jahren. Sie ist nicht die einzige ihrer Art. Wir können uns auf Erfahrungen und Statistiken berufen.

Gibt man einem Menschen das Lebensnotwendige, ohne ein Quentchen mehr, dann darf man fast mit Sicherheit erwarten, daß er sich damit begnügt. Gibt man ihm aber etwas darüber hinaus, dann entwickelt er sogleich Neigungen, die er nicht befriedigen kann.

Die Gewinnspanne unserer Filialleiter wird nach diesem Prinzip errechnet, genau wie die Angestelltengehälter in den großen Banken, Versicherungsgesellschaften, überhaupt in allen namhaften Firmen.

So wird Unredlichkeit vermieden, jedenfalls solange man das Heft in der Hand behält.«

Dudon hatte lange darüber nachgedacht. Wenn Monsieur Pierre aus dem Urlaub zurück sein würde, käme er wieder auf diese Frage zu sprechen. Die Ansichten von Monsieur Pierre schienen ihm zu abstrakt, den interessierten nur Ideen und Zahlen. Er durchschnüffelte nicht die verborgenen Winkel! Niemals hätte er die Sache mit dem Wein herausgefunden, der in bereits benutzte Flaschen eingefüllt wurde.

Was hatte das Ehepaar Béchère dabei schon gewonnen? Ein paar lächerliche Francs mehr, als wenn sie nur Gibet-Weine verkauft hätten, denn die Fässer des Schwagers bekamen sie bestimmt nicht geschenkt, sondern mußten sie bezahlen. Mit ihren Betrügereien hatte sich ihr Leben wohl kaum verbessert, zudem lebten sie seit mehreren Jahren in Furcht und Schrecken.

Eben das würde er Monsieur Pierre erklären. Seine Gedankengänge standen nicht im Widerspruch zu den Grundsätzen der Firma, aber es war halt nicht damit getan, ihnen nur die lebensnotwendige Gewinnspanne zuzubilligen.

»Trägst du nie einen Strohhut?«

»Als kleiner Junge hatte ich einen.«

»Du solltest diesen hier für unseren Aufenthalt auf dem Land kaufen. Probier ihn mal an!«

Der Hut war zu klein. Man brachte ihm einen größeren, und immer noch fand er, daß seine Nase schief stand. In dem bläulichen Licht hatte er eine widerliche Gesichtsfarbe.

»Gefällt er dir?«

»Der oder ein anderer...«

»Ist es dir recht, daß wir in der Stadt essen? Ich habe nichts eingekauft, sondern schon mit dem Packen angefangen.«

»Ich habe keinen Hunger.«

»Wenn ich aber Hunger hätte?«

»Ich habe nicht gesagt, daß ich nicht essen gehen will.«

»Du bist einfach süß, Maurice!«

»Ich?«

»Du schmollst wie ein Kind. Soll ich dir ein Geständnis machen? Seit ich ins Büro kam, um dich abzuholen, habe ich irgendwie den Eindruck, daß du es darauf anlegst, dich genauso zu verhalten wie früher. Jetzt sehe ich dich förmlich vor mir, wie du am Bahnhof Denfert-Rochereau ausstiegst, die Passanten mit finsteren Blikken bedachtest und in Richtung Rue du Saint-Gothard marschiertest.«

»Ich schaute sie überhaupt nicht an.«

»Trotzdem warfst du finstere Blicke um dich, gib's zu!«

»Ich schaute mich selber auch nicht an.«

»Auch nicht in den Schaufenstern?«

Wie hatte sie das nur herausgefunden? Er tat es ganz selten, und auch nur, wenn er sicher war, daß ihn niemand beobachtete. Das merkwürdigste dabei war, daß er, wenn er seine grimmige Miene sah, sich insgeheim daran ergötzte.

»Willst du wieder so werden wie früher?«

»Nein.«

»Dein Bett selber machen und beim Nachhausekommen dein Kotelett braten? Hast du dir im Lebensmittelgeschäft schon vorgekochtes Gemüse gekauft?«

»Ja sicher.«

»Und am Sonntag gab's Hummer in Muschelschälchen?«

»Ja, dann und wann schon. Aber nicht unbedingt am Sonntag.«

»Wie oft im Monat hast du deine Staubtücher gewaschen?«

»Überhaupt nicht. Wieso willst du das wissen?«

»Weil ich es eh schon weiß. Ich wollte nur, daß du es selbst sagst. Ich habe sie ja im Wandschrank gesehen.«

»Na und?«

»Ich versuche doch nur, dich auf andere Gedanken zu bringen. Wir haben eine hübsche Wohnung. Heute nachmittag hast du einen ansehnlichen Scheck bekommen. Du bist von Kopf bis Fuß neu eingekleidet. Morgen fahren wir aufs Land. Das Wetter ist herrlich, und du hast dir noch nicht einmal mein neues Kleid angesehen.«

»Pardon! Es hat ein gelbes Blumenmuster.«

Beim Gehen drückte ihre warme, lebendige Hand seinen Arm.

»Ich liebe dich, Maurice!« rief sie fröhlich.

Er schwieg.

»Du sagst ja gar nichts!«

»Was soll ich denn sagen?«

»Zum Beispiel: ich dich auch.«

»Ich dich auch.«

»Stimmt das?«

Er dachte nach.

»Ich glaube schon.«

Warum nur war sie auf die Rue du Saint-Gothard zu sprechen gekommen?

4

Es gab Augenblicke, da sie beinahe die verwunschene Existenz in der Klinik wiederfanden. Vor allem am Morgen war das der Fall. Durch ihre beiden Fenster schien die aufgehende Sonne ins Zimmer, die zu einer bestimmten Stunde ihr ganzes Bett überflutete. Schon deshalb schlossen sie nicht die Läden. Wenn Dudon nachts erwachte, konnte er die Sterne sehen, die Teil des Zimmers zu sein schienen. Er vernahm das Rauschen des Windes in den Bäumen, das Plätschern der Wellen, die sich an den Sandbänken brachen, und unweigerlich das Quaken der Frösche in der Ferne.

Anne-Marie wurde im Morgengrauen wach. Manchmal bekam er mit, wie sie aus dem Bett glitt, auf Zehenspitzen zur Tür ging und den Riegel vorschob. Dann schlüpfte sie wieder unters Laken, preßte sich der Länge nach an ihn und schlief sofort weiter.

Später – es mochte dann schon acht Uhr sein – wurden sie durch die Fliegen, die den Schweiß von ihrer Haut aufsaugten, aus ihrer Schlaftrunkenheit gerissen. Auch die Geräusche aus dem Hotel, die sie bis dahin nur als Begleitmusik für ihre Träume empfunden hatten, verwandelten sich mit einem Male in unmißverständliche Töne aus der rauhen Wirklichkeit.

»Soll ich klingeln?«

Eine Birne aus Buchsbaumholz mit einem Elfenbeinknopf in der Mitte, wie er sie aus der Klinik kannte, hing über dem Kopfende des Bettes. Das war ein köstlicher Moment. Der Tag hatte noch nicht angefangen. Die Gedanken verflüchtigten sich. Anne-Maries Körper unter ihrem Nachthemd fühlte sich warm an, und dem Bett entströmten ihrer beider Gerüche.

Maurice vernahm ihre Flüsterstimme am Ohr:

»Wetten, daß sie die ganze Etage vor uns serviert!«

Ihr Zimmermädchen hieß Marcelle. Sie kam nicht vom Lande, sondern stammte aus einer Vorstadt von Lyon oder Saint-Étienne. Sie war erst dreißig, aber mit ihren schlaffen Brüsten, die unter ihrer zu weiten Bluse wie Beutel herunterhingen, und ihrem Rock, der um ihre formlose Taille schlotterte, wirkte sie verbraucht wie eine Fünfzigjährige. Sie hatte ein Kind, einen neunjährigen Buben namens Julien, den sie bei sich haben durfte und der immer mitkam, wenn sie die Zimmer machte. Sobald sie ihn aus den Augen verlor, ertönte ihre schrille Stimme, so daß das Hotel plötzlich einen vulgären Anstrich bekam.

Niemals ließ sie sich zu einem Lächeln herbei, klopfte auch nicht an. Sie kam einfach mit ihrem großen Tablett herein, ohne die Tür hinter sich zu schließen, auch wenn sich andere Leute im Flur aufhielten. Sie war der erste Mensch, der Dudon mit einer Frau im Bett gesehen hatte, was er ihr im Grunde verübelte. Anne-Marie setzte sich auf, schob die Kissen nach oben, rückte das Tablett auf ihren Schenkeln zurecht, denn es war nicht mit Füßchen versehen wie die in der Klinik. Er blieb so lange unter der Decke, bis Marcelle verschwunden war.

»Um wieviel Uhr kann ich das Zimmer machen?«

Es war so etwas wie ein Kleinkrieg. Seit dem ersten Tag hatte sie einen Pik auf die beiden. Anne-Marie hätte gern den Grund herausgefunden. Dudon wußte genau, daß nicht sie daran schuld war, sondern er. Gleich Tieren, die unvermittelt aufeinanderstoßen, hatten sie sofort Witterung aufgenommen, wobei sie sogleich ihre Stacheln aufrichtete.

Die Fenster gaben den Blick auf die Hängebrücke über die Loire frei, die einem Spinngewebe glich. Wie früh sie auch erwachen mochten, immer sahen sie auf dem Fluß vier oder fünf flache, grüngestrichene Boote, die reglos auf dem Wasser lagen, und Männer, die schon jetzt ihre Angeln auswarfen.

Ein einziges Mal waren die Kopfschmerzen aufgetreten, und zwar während der Eisenbahnfahrt. Er hatte eine der von Doktor Jourdan verschriebenen Pillen genommen, und der Anfall war sofort abgeklungen.

Wie in der Klinik gab es hier so manches, über das sie mehr oder weniger offen ihre Scherze machten. Die Wände waren dünn. Das Badezimmer befand sich am Ende des Flures, gleich neben der Treppe.

»Der Mann mit dem Spitzbärtchen!« verkündete Anne-Marie, als sie eine Tür gehen hörte. »Jetzt bleibt er eine Stunde lang im Bad, und die ganze Etage ärgert sich über ihn.«

Ihre Nachbarin, deren Bett von dem ihren nur durch eine leichte gipserne Wand getrennt war, erwies sich als eine vollblütige Schönheit von fünfundzwanzig Jahren, die mit ihrem zweijährigen Sohn hier ihre Ferien verlebte. Ihr Mann besaß eine Autoreparaturwerkstatt in

Lyon. Am Sonntag besuchte er sie für ein paar Stunden und fuhr sie im Wagen spazieren. Unter der Woche war sie allein mit ihrem Kind. Sie sprach mit niemandem, doch am Morgen bedachte sie alle mit einem freundlichen Lächeln.

In Kürze, noch bevor sie aufstanden, würde sie sich bereits in ihrem blaßgrünen Badeanzug, das Kind nur mit einem roten Badehöschen bekleidet, zu ihrem angestammten Platz am Wasser begeben. Die beiden Farbtupfer sollten sich fast den ganzen Tag über nicht von der Stelle rühren. Der zweiteilige Badeanzug der Frau enthüllte mehr als er verhüllte, und wenn sie auf dem Bauch im Sand lag, öffnete sie den Büstenhalter, damit ihr Rücken einheitlich braun wurde.

Sie war von kräftiger Statur, nicht ganz so mollig wie Anne-Marie, und ihr Fleisch wirkte fester und kerniger. Alle Männer, die an ihr vorüberkamen, drehten sich nach ihr um.

»Findest du nicht auch, daß sie schön ist, Maurice?«

Das Kind krabbelte um sie herum. Zwei- oder dreimal am Tag ging sie mit ihm ins Wasser. Im Hotel hatte sie einen kleinen Tisch am Fenster, wo sie ihren Buben mit unendlicher Geduld fütterte.

»Warum versuchst du es nicht einmal bei ihr?«

Er war darüber schockiert. Doch am fünften oder sechsten Tag – sie hatten sich eben schlafen gelegt – vernahm er noch vor ihr leise Schritte im Korridor, hörte, wie die Tür nebenan geöffnet wurde, dann drang gedämpftes Stimmengemurmel durch die Wand.

»Zu spät! Jetzt hat sich ein anderer bei ihr eingenistet!«

Er vermochte es noch nicht zu glauben. Er hatte einmal im Vorübergehen einen Blick in das Zimmer geworfen, wo das Gitterbett des Kindchens gegenüber dem Bett der Mutter stand.

»Horch!«

Auch er hörte jetzt die Sprungfedermatratze ächzen. Alle Betten des Hotels knarrten. Ohne falsche Scham legte Anne-Marie ihr Ohr an die Wand. Er hatte den Eindruck, daß alles, was auf der anderen Seite geschah, sie sehr fröhlich stimmte.

»Hörst du's?«

»Ja.«

Sie hatten das Licht gelöscht. Auch im Nebenzimmer war es dunkel. Draußen zeichneten sich die grazilen Linien der Brücke gegen den blassen Nachthimmel ab. Die rhythmische Bewegung teilte sich ihnen mit, zog ihre Nerven in ihren Bann, bemächtigte sich ihrer Atmung. Dudon harrte mit allen Fasern seines Wesens auf den Aufschrei und die gleich darauf folgenden Stille.

Anne-Marie hatte sich an ihn gepreßt, ihr Mund war heiß und gierig. Im Schweigen der Nacht wirkte ihr Keuchen geradezu wie ein hochgemutes Echo. Auch sie stieß einen Schrei aus und fragte dann im Flüsterton:

»Wer das wohl war?«

»Ich weiß es nicht.«

Das gehörte nun zu ihren Spielen. Die meisten Hotelgäste waren Angestellte, Beamte oder kleine Kaufleute mit ihren Familien. Anne-Marie hatte nicht begriffen, warum er bei ihrer Ankunft die Stirn runzelte. Was er da in kurzen Hosen und mit Angelgeräten bewehrt antraf, waren alles Leute, die er doch so genau kannte. Dieser Gasthof vermochte es nicht mit den feinen Hotels bei Chambord aufzunehmen, doch bestimmt wären die Mallards vor ihrem Aufstieg auch hierher gekommen, und ihr Töchterchen Françoise hätte bei Regenwetter im Vestibül mit Puppen gespielt.

»Wetten, daß es der junge Mann ist!«

Es kam nur einer in Frage, ein junger Bursche von neunzehn oder zwanzig Jahren, der seine Mutter begleitete. Diese bewegte sich mit Krücken fort und wurde von morgens bis abends von ihm umsorgt.

»Sie haben doch nie miteinander gesprochen«, wandte er ein.

»So etwas geht im Nu. Hast du denn mit Jeannette lange reden müssen?«

»Das ist etwas anderes.«

Er hätte diese Frau, deren Namen er nicht kannte, gerne als einen Sonderfall betrachtet, genau wie Monsieur Pierre, ja vielleicht sogar aus demselben Grund, denn da sie sich mit keinem Menschen in ein Gespräch einließ, schien sie auch niemanden nötig zu haben.

Er hätte schwören mögen, daß Monsieur Pierre keine Maitresse hatte, nicht aus Sittenstrenge oder Furcht, sondern weil er sich selbst genügte. Ihm widerstrebte die Vorstellung, daß sich sein Gesicht zu einem gewissen Lächeln verziehen könnte, daß er einer Frau den Hof machte, zu gefallen suchte, wie Monsieur Philippe. Am Ende verhielt er sich wie Doktor Jourdan in dem kleinen Ärztebüro! Das vermochte er ihm gerade noch zuzugestehen.

»Und wenn ihr Sohn davon geweckt wird?«

»Was würde das Kind in der Dunkelheit schon sehen?«

Er war verstört. Er nahm sich vor, sie nicht mehr anzusehen, und doch hielt er unaufhörlich nach ihr Ausschau. Am nächsten Abend – sie lagen schon seit einer halben Stunde hellwach im Bett – lauschte Anne-Marie auf jedes verdächtige Geräusch.

»Du wirst sehen, er kommt wieder.«

An jenem Abend blieb er aus, dafür hörten sie ihn in der nächsten Nacht, aber diesmal hatte Anne-Marie nicht so lange ausgeharrt.

»Macht es dir denn keinen Spaß?«

Es fehlte nicht viel, und sie hätte sich durch ein leichtes Klopfen an der Wand bemerkbar gemacht. An den Wochenenden, die sie ehemals mit einem Mann im Hotel verbrachte, herrschte wohl diese Art von Kameraderie. Sie hatte eine Vorliebe für diesen Ausdruck.

Obwohl das Zimmermädchen ungeduldig darauf wartete, daß sie endlich das Zimmer machen konnte, ihnen erboste Blicke zuwarf und Schimpfworte zwischen den Zähnen hervorstieß, blieben sie noch eine Zeitlang im Bett liegen.

»Du sollst dich ausruhen! Wir haben doch beschlossen, es uns hier wohl sein zu lassen wie in der Klinik.«

Sie wachte über seine Gesundheit, war glücklich darüber, daß er sich entspannte, aber er wußte, daß sie sich dennoch Sorgen machte.

»Willst du nicht deine Mutter für ein paar Tage herkommen lassen?«

»Nein.«

»Aber früher hast du sie doch besucht.«

»Ich habe keine Lust mehr dazu.«

»Wirst du nie mehr hinfahren?«

»Vermutlich nicht.«

Sie konnte sich die zynische Bemerkung nicht verkneifen:

»Zu ihrer Beerdigung wirst du es wohl müssen.«

Er stellte sich taub. Und doch dachte er hier viel öfter an seine Mutter als in Paris. Nein, eigentlich nicht so sehr an seine Mutter, sondern vor allem an seine Kindheit. Das Stadtviertel in Saintes, wo sie gewohnt hatten, war noch recht ländlich. Gleich am Ende der Straße dehnten sich die Wiesen mit dem von Pappeln gesäumten Bach, wo es Krebse gab.

Wenn er mit Anne-Marie, die darauf bestand, daß sie jeden Nachmittag einen Spaziergang machten, auf dem kleinen Pfad dahinschritt, stiegen ihm altbekannte Gerüche in die Nase. Vor allem beim Anblick eines Haselnußstrauches, dessen Zweige die Kinder beim Nüsseernten herabgebogen und teilweise abgebrochen hatten, spürte er einen Geschmack auf der Zunge, den er seinem Gedächtnis entschwunden glaubte. Ähnlich erging es ihm, wenn sie sich ins Gras setzten und ihn der Duft der von der Sonne erhitzten Halme streifte, vermischt mit der Ausdünstung seiner eigenen Haut, während die Grillen ringsherum zirpten.

»Woran denkst du?«

»An nichts.«

»Kommen dir Erinnerungen an früher?«

»Nein.«

»Denkst du nicht gern an deine Kindheit zurück?«

»Nein.«

»Warst du denn nicht glücklich?«

Am liebsten hätte er ein lautes »nein« ausgestoßen und gesagt, daß er überhaupt nie in seinem Leben glücklich gewesen sei. Und doch bewirkten diese Schwaden von Düften, daß sich etwas in ihm löste, und er schloß die Augen.

»Möchtest du nicht noch einmal Kind sein?«

»Nein.«

Dessen war er sich ganz sicher. Jedenfalls seine bewußt erlebte Kindheit hätte er nicht ein zweites Mal durchmachen wollen. Was ihn anrührte, das waren die schemenhaften Erinnerungen an eine Zeit, da er noch nicht zu denken vermochte, die verschwommenen Bilder, denen er Konturen zu verleihen suchte, die Farbe und die Leuchtkraft des Himmels, der sich jenseits des offenen Fensters wölbte, der Geruch des Hauses, nicht des zweiten, wo er allein mit seiner Mutter gelebt hatte, sondern des ersten, des großen Hauses in der Rue de l'Évéché. Bisweilen gelang es ihm beinahe, das Gesicht seines Vaters heraufzubeschwören, und dieses Gesicht hatte gar nichts mit dem auf den Fotos gemein. Erinnerte er sich denn wirklich daran, wie ihn sein Schnurrbart an den Wangen gekitzelt hatte?

»Möchtest du deine Kindheit denn noch einmal erleben?«

»Ich weiß nicht. Sie war gar nicht so übel.«

»Bist du krumme Wege gegangen?«

»Was meinst du damit?«

»Hast du verbotene Dinge getan?«

»Wie alle anderen auch.«

»Hattest du keine Gewissensbisse?«

»Dessen entsinne ich mich eigentlich nicht. Wahrscheinlich dann und wann schon.«

Er aber hatte vor dem Einschlafen, wenn er sein Gewissen erforschte, fürchterliche Augenblicke durchlitten. Mitunter erwachte er sogar mitten in der Nacht und schrie vor Grausen. Seine Mutter trat dann an sein Bett, um ihn zuzudecken.

»Als du anfingst, mit Jungen zu gehen, kam dir da nicht der Gedanke, daß das eine Sünde ist?«

»Ich wußte schon, daß es verboten war, deshalb habe ich es wohl getan.«

»Aber daß es eine Sünde ist?« bohrte er weiter.

»Findest du denn, daß es eine Sünde ist?«

Sie sah ihn nachdenklich an.

»Ich erinnere mich jedenfalls nicht. Ich habe immer vermieden, darüber nachzudenken.«

»Warum?«

Andauernd führte er dieses Wort im Munde. Anne-Marie machte sich meistens darüber lustig, indem sie seinen Tonfall nachäffte.

»Weil sonst das Leben nicht auszuhalten wäre.«

»Du warst dir also bewußt, daß es eine Sünde ist?«

»Mir war nur klar, daß es sich nicht schickte.«

»Und trotzdem hast du es getan?«

»Irgend etwas muß man ja schließlich tun.«

»Und du hattest keine Gewissensbisse?«

Beinahe hätte sie zu fassen bekommen, was sich hinter Dudons Ängsten verbarg. Aber dann schien es ihr, wie ehedem, doch ratsamer, keinen weiteren Vorstoß zu unternehmen.

»Was soll ich dir darauf schon antworten? Daß ich

mich als ein verdorbenes Mädchen betrachtete? Ja, das mag schon stimmen. Aber ich war nicht die einzige. Daß ich ein schlechtes Gewissen hatte, möchte ich nicht beschwören, dafür hatte ich eine Heidenangst vor allem möglichen, vor Krankheiten, vor einer Schwangerschaft oder vor einem plötzlichen Auftauchen meines Vaters in bestimmten Momenten und vor was noch allem.«

»Und dann?«

»Wieso dann?«

»Als du nach Paris zogst?«

»Liegt dir viel daran, es zu wissen?«

»Ja.«

»Du meinst meine Männerbekanntschaften, wie Jourdan oder Lacroix-Gibet und die anderen, mit denen ich am Samstagabend wegfuhr, weil sie ein Auto hatten? Nein, ich schämte mich nicht, nein, das nicht. Aber ich hätte mir schon ein anderes Leben vorstellen können, damit du's nur weißt!«

»Bist du nie zur Beichte gegangen?«

»Ich bin nicht einmal getauft. Deine Mutter ist wohl streng katholisch?«

»Ja.«

Sie seufzte und sagte, gleichsam um dem Gespräch ein Ende zu machen:

»Daran liegt es wohl.«

Sie streckte ein nacktes Bein aus dem Bett, richtete sich auf, so daß sich ihr Körper unter dem Nachthemd im Sonnenlicht abzeichnete, und massierte sich ihren üppigen Busen und ihre Taille, was sie überhaupt gern tat.

»Ich glaube, du machst den Fehler, zu viel nachzudenken. Bei allem, was du tust, fragst du dich unablässig, ob es gut ist oder schlecht, und damit vergällst du dir jede Freude. Da schau an! Die Bouchons setzen sich auf die Terrasse.«

So hießen die Leute wirklich. Sie mochten etwa achtzig Jahre alt sein, und ihre Gelenke waren so steif, daß sie sich wie Automaten bewegten. Wenn sie aus dem Hotel traten, reichte ihre Kraft gerade eben noch aus, um die Strohsessel unter dem orangefarbenen Sonnenschirm zu erreichen, wo sie dann regungslos verharrten, so daß man sie hätte für tot halten können, wäre nicht das Flattern ihrer Augenlider gewesen.

»Soll ich mich als erste waschen?«

»Wenn du willst.«

Es war genau wie in der Klinik, nur daß sie nicht im Badezimmer verschwand und er ihr zusehen konnte. Um sich die Füße zu waschen, hob sie einen nach dem anderen ins Becken, wobei sie jedesmal fast das Gleichgewicht verlor.

»Die Leute auf der Brücke können dich sehen. Die Angler auch.«

»Macht dir das etwas aus?«

Er hatte Monsieur Pierre eine Ansichtskarte geschickt, sie nach längerem Zögern in den Briefkasten geworfen, denn plötzlich beschlich ihn die Furcht, daß er ihm diese Geste als Liebedienerei auslegen würde. Im Innersten freilich war er fest davon überzeugt, daß Monsieur Pierre seine Absichten nicht mißdeuten würde. Er vermochte sich nicht vorzustellen, wie er seinen Urlaub auf seinem Landsitz in Aix-les-Bains verbrachte. Ob er wohl auch Golf spielte? Oder saß er den ganzen Tag mit seiner Frau unter einem Sonnenschirm?

Zwar zählte er noch nicht gerade die Tage, doch der Gedanke, daß der Urlaub dem Ende zuging, beruhigte ihn.

Als sie eines Tages die Treppe herunterkamen, stießen sie auf den Hotelbesitzer in seiner weißen Küchenkleidung, der mit leiser Stimme und bekümmertem Gesichtsausdruck auf ein Ehepaar einredete. Die beiden, die im selben Stock wie die Dudons, zwei Türen weiter, wohnten, blickten mit frostiger Miene um sich.

Bei ihrem Erscheinen trat Schweigen ein. Doch als sie sich um ein Uhr zu Tisch setzten, wußte Anne-Marie, obwohl sie ihn nur einen Augenblick lang allein gelassen hatte, schon über den Vorfall Bescheid.

Es handelte sich um einen Füllfederhalter, der aus dem Zimmer des Ehepaares verschwunden war, einen für sie unersetzlichen Wertgegenstand, da er ein Andenken an ihren im Krieg gefallenen Sohn war. Mit wahrer Leichenbittermiene nahmen sie ihre Mahlzeit ein. Andere Hotelgäste, die von der Sache gehört hatten, traten an ihren Tisch, um ihnen ihre Sympathie zu bekunden.

Am frühen Nachmittag drangen laute Stimmen aus dem Hotelbüro, und Dudon erkannte sogleich das schrille Organ von Marcelle, ihrem Zimmermädchen.

»Glaubst du, daß sie ihn gestohlen hat? Ich möchte das bezweifeln, denn in solchen Fällen verdächtigt man immer das Personal. Die Leute können den Füllfederhalter ebensogut verloren haben.«

Sie schritten wie gewöhnlich auf ihrem Pfad dahin, kehrten aber ein wenig früher ins Hotel zurück.

»Bleibst du unten? Ich ziehe mich schnell um und bin in ein paar Minuten wieder da.«

Doch als sie wieder herunterkam, stellte sie mit einiger Verwunderung fest, daß er weder im Vestibül noch auf der Terrasse wartete. Sie ging an den Strand, wo die Mutter des Bübchens ihr freundlich zulächelte. Sie hielt überall nach ihm Ausschau. Schließlich sah sie ihn aus dem Hof eilen, den er vorher noch nie betreten hatte. Er schien mit sich recht zufrieden.

Sie konnte sich nicht helfen, aber Flanellhosen und Leinenschuhe wollten einfach nicht recht zu ihm passen, und das Sporthemd mit dem offenen Kragen verlieh ihm einen ihr fremden Gesichtsausdruck. Sie wagte es ihm nicht zu sagen, denn auch er fühlte sich nicht wohl in seiner Haut.

»Was hast du denn getrieben?«

Bevor er zur Antwort ansetzte, vergewisserte er sich, daß niemand ihnen zuhörte.

»Ich habe mit dem Buben gesprochen.«

»Mit welchem Buben?«

»Mit Julien, dem Sohn des Zimmermädchens.«

Noch nie hatte er in ihrem Beisein mit einem Kind geredet. Kinder gingen ihm eher aus dem Weg. Als sie ihn überrascht anblickte, sagte er in überaus selbstgefälligem Ton.

»Er war es.«

Er bemerkte nicht, daß sie die Brauen runzelte. Seine Selbstgefälligkeit hatte sie stutzig gemacht und erschreckt.

»Der Füllfederhalter?«

»Ja. Das hatte ich mir gleich gedacht.«

»Die arme Person kann also nichts dafür?«

»Doch.«

»Was hat sie denn verbrochen?«

»Sie wußte genau, daß der Junge es war. Sie hat ihn in ihr Zimmer geschleppt und das Geständnis aus ihm herausgeprügelt.«

»Woher weißt du das?«

»Er hat es mir erzählt.«

»Und du hast ihn zum Reden gebracht?«

Sein Lächeln war ihr unheimlich.

»Und was war dann?«

»Sie wußte bereits, daß die Gäste sich beschwert hatten. Aber statt den Füller zurückzugeben, brach sie ihn mittendurch und warf ihn in die Toilette.«

»Wirst du sie anzeigen?«

»Ich weiß nicht.«

»Findest du nicht, daß uns die Sache nichts angeht?«

Mit einem Male hatte er genau das Gesicht wie am letzten Tag in Paris, denselben eigentümlich starren Blick, der sich ins Leere richtete. Auch in jüngster Zeit hatte sie für Augenblicke einen Anflug dieses Ausdrucks an ihm wahrgenommen. Es kam manchmal vor, daß sie, wenn sie im Laufe eines Gesprächs seine Augen suchte, plötzlich feststellen mußte, daß er mit seinen Gedanken ganz woanders war.

»Du hast schon wieder deine Maske aufgesetzt!« scherzte sie dann.

An jenem Abend machte Anne-Marie einen Fehler. Zu jeder Mahlzeit stellte man ihnen zwei Kännchen

Landwein auf den Tisch. Er mundete ausgezeichnet. Sie trank immer ihren Wein, er rührte den seinen nicht an. Manchmal hätte er allerdings doch Lust darauf gehabt.

In der besten Absicht, in der Hoffnung, ihn aufzuheitern, goß sie ihm Weißwein statt Wasser ins Glas.

»Du wirst sehen, das schadet dir überhaupt nicht. Auf dein Wohl, Maurice! Auf unser weiteres Leben! Auf unsere gute alte Klinik!«

Als Vorspeise, das sollte sich ihr unauslöschlich ins Gedächtnis einprägen, wurden Fischklößchen aufgetragen. Dudon nippte erst am Wein, als würde er es nur ihr zuliebe tun, trank dann sein Glas aus und wehrte nicht ab, als sie ihm nachschenkte.

»Schmeckt er dir?«

»Recht erfrischend.«

Im Speisesaal herrschte um diese Stunde reger Betrieb. Durch die geöffneten Fenster blickte man auf die mit mondförmigen elektrischen Lampen beleuchtete Terrasse hinaus. Aus dem Grammophon tönte Unterhaltungsmusik.

Sie lächelte erfreut, als er, ohne es zu merken, sein zweites Glas leerte. Seine Wangen hatten sich gerötet, sein sonst so wachsbleiches Gesicht begann sich zu beleben.

Er hörte ihr mit gönnerhafter Miene zu, als wäre sie ein Kind, das von Dingen redet, die es nicht versteht. Er war nicht gerade angeheitert, aber er nahm die Dinge nicht mehr so schwer und bemerkte nicht, daß sie ihm ein drittes Mal nachschenkte.

Am Ende der Mahlzeit war sein Gesicht gedunsen,

er erhob sich schwerfällig und stieß gegen eine Tischecke.

»Weißt du, was wir jetzt machen, Maurice? Wenn wir schon einmal über die Stränge hauen, dann auch richtig! Du kennst doch das Bistro am Dorfausgang. Auf unseren Spaziergängen hast du immer hingeblickt. Dort wird am Abend zu einem Pianola getanzt.«

»Woher weißt du das?«

Er konnte es einfach nicht lassen, solche Fragen zu stellen.

»Man hat es mir erzählt.«

»Wer?«

»Die Dame mit dem Hündchen. Die meisten Hotelgäste gehen dorthin, sobald die Kinder schlafen. Vielleicht hat unsere Zimmernachbarin dort den jungen Mann kennengelernt.«

Er ging folgsam mit. Sie faßte ihn unter. Die Straße lag im Dunkeln, auch in den Häusern brannte fast nirgends mehr Licht. Wie sie gesagt hatte, waren noch andere Paare aus dem Hotel in dieser Richtung unterwegs. Milde Nachtluft umwehte sie, die Sterne erstrahlten hinter einem leichten Dunstschleier. Sie vernahmen die Töne des Pianolas, die aus dem kleinen ländlichen Café nach draußen drangen. Sechs Steinstufen führten zum Eingang. Er zögerte.

»Komm!«

Wachstuchdecken waren über die Tische gebreitet. Von der Balkendecke hing eine einzige Lampe an einer verstaubten Schnur herab. Fünf einheimische Burschen mit geröteten Gesichtern führten die Mädchen zum Tanz.

Er hörte nicht, wie Anne-Marie die Bestellung aufgab, trank widerspruchslos den Wein in seinem Glas, betrachtete die Paare, die sich stampfend im Kreis drehten, so daß der Fußboden erzitterte. Unter den Zuschauern waren noch andere Hotelgäste. Nur ein Ehepaar, das zwei Tage zuvor eingetroffen war und das sie noch kaum zu Gesicht bekommen hatten, mischte sich unter die tanzende Dorfjugend.

An den tapezierten Wänden hingen Farbdrucke. Einen davon erkannte Dudon sofort. Er zeigte einen dicken Mann mit geröteter Nase, der rittlings auf einem Faß saß. Als Kind hatte er ihn oft im Gemischtwarenladen gesehen, wo er hinter der Theke neben einem gesprungenen Spiegel prangte.

»Hast du Lust zu tanzen?« fragte er.

»Nein. Lieber nicht.«

»Warum?«

Schon wieder sein ewiges »warum«!

»Das könnte dir schaden.«

Er hatte auch gar nicht vorgehabt, mit ihr zu tanzen. Er konnte überhaupt nicht tanzen. Noch nie in seinem Leben hatte er getanzt.

»Von mir habe ich nicht gesprochen.«

»Möchtest du etwa, daß ich mit diesen Burschen tanze?«

Ihr Gelächter schien ihm etwas gekünstelt.

»Mit dir ist es lustiger. Trink dein Glas aus!«

Man hatte ihnen eine ganze Flasche mit einem Siegel aufgetischt, und jetzt trank er, ohne daß sie ihn zu ermuntern brauchte. Er schaute finster drein, und seine Augenbrauen wirkten wie zusammengewachsen.

Als Anne-Marie sich ihrer Unvorsichtigkeit bewußt wurde, war es zu spät.

»Ich möchte, daß du tanzt.«

»Ich habe aber keine Lust dazu.«

»Natürlich hast du Lust.«

Ein vierschrötiger Bursche, frischgewaschen in seinen blauen Sonntagsanzug gezwängt, schien ihr Gespräch erraten zu haben. Als die Musik wieder einsetzte, trat er mit einem angedeuteten Gruß an ihren Tisch und blieb dort stehen, geckenhaft und selbstgewiß. Mit einem beinahe bösen Blick bedeutete Dudon seiner Frau, sich zu erheben.

Während des Tanzes redete der junge Mann lachend auf sie ein, sie aber sah, jedesmal wenn sie an ihrem Tisch vorüberkamen, ihren Mann voller Sorge an. Sein Lächeln wollte ihr gar nicht gefallen, außerdem glaubte sie bemerkt zu haben, daß er sein Glas nachfüllte und es mit einem Zug hinunterstürzte. Ihr Partner drängte auf einen zweiten Tanz, und sie mußte sich aus seinen groben Händen losreißen.

»Na also!« sagte er, als sie sich wieder zu ihm setzte.

»Ich habe nur getanzt, weil du darauf bestanden hast.«

Pro forma trank auch sie einen Schluck. Es war sehr heiß in dem niedrigen Raum, obwohl die Fenster offenstanden. Dem Keller, dessen halboffene Falltür sich neben der Theke befand, entströmte ein starker Weingeruch.

»Gehen wir!« sagte sie.

»Du hast doch herkommen wollen!«

»Na und? Jetzt waren wir eben hier.«

Was das Ganze eigentlich ausgelöst hatte, ließ sich hinterher nicht mehr genau feststellen. Auch Anne-Marie war von dem süffigen Wein ein wenig beschwipst. Sie hatten die Flasche bis auf den letzten Tropfen geleert, und als sie das Café verließen, sah Dudon die jungen Leute auf dem Tanzboden herausfordernd an.

Vielleicht wäre nichts geschehen, wenn Anne-Marie sich nicht nach einer Gestalt umgewandt hätte, die im Schatten an ihnen vorübereilte und die er gar nicht beachtet hatte.

»Hab ich es dir nicht gesagt?« rief sie.

»Wer ist das?«

»Unsere Zimmernachbarin, die Dame mit dem kleinen Buben. Jetzt kannst du mal sehen, wie sie es anstellt.«

»Bist du sicher, daß sie es ist?«

»Schau dich doch um, sie wird gleich im Licht sein.«

Anne-Marie hatte recht. Lange blieb er mitten auf der Fahrbahn stehen und blickte ihr nach. Plötzlich schrie er wütend:

»Schweinerei!«

Sie lachte. Das hätte sie lieber nicht tun sollen, wie so manches andere, das sah sie ja ein.

»Warum lachst du?«

»Weil du wegen einer Frau, die du gar nicht kennst, einen Wutanfall bekommst.«

Er starrte ihr in die Augen. Angst stieg in ihr auf, so unerbittlich war sein Blick.

»Meinst du wirklich, daß ich sie nicht kenne? Und dich vielleicht auch nicht?«

Er sprach viel lauter als sonst, und im ersten Stock eines Hauses brannte noch Licht.

»Pst, Maurice!«

»Und dich kenne ich wohl auch nicht, was? Genausowenig wie das Zimmermädchen und ihren Sohn?«

Sie wußte nicht, worauf er hinauswollte, versuchte ihn fortzuziehen, aber nach wenigen Schriften ging er erneut zum Angriff über.

»In der Schweinerei, da kenne ich mich aus, denn der oberste Schweinehund, der bin ich selber, verstehst du? Du bist auch ein Miststück, eine Hure, das weißt du ganz genau, denn wenn du keine Hure wärest, wären wir überhaupt nicht zusammen.«

Als hätte er eben eine bedeutende Entdeckung gemacht, wiederholte er:

»Ja, dann wären wir gar nicht zusammen! Und auch nicht hier! Und wenn diese Frau keine Hure wäre, wäre sie auch nicht hier! Wieso lächelst du jetzt?«

»Ich lächle nicht.«

»Ich seh doch, daß du lächelst. Das ist mir völlig gleich. Du weißt genau, was ich meine, du willst es bloß nicht eingestehen. Gib's doch zu!«

»Ich gebe es ja zu.«

»Was gibst du zu?«

»Was du sagst.«

»Was sage ich denn?«

»Hör mal, Maurice, die Leute drehen sich schon nach uns um.«

»Mein ganzes Leben lang haben sich die Leute nach mir umgedreht. Bildest du dir vielleicht ein, daß man dich nicht anschaut? Meinst du etwa, daß keiner weiß, was für eine du bist? Deshalb schläfst du doch in meinem Bett. Ein Schweinehund und eine Hure, ja, das sind wir! Und du wirst geil, wenn eine andere Hure es hinter unserer Wand mit einem Mann treibt.«

Sie protestierte, denn auch sie war jetzt erregt:

»Du doch auch!«

»Ja sicher! Ich auch!«

Nun hatte seine Maske tragische Züge angenommen. Anne-Marie erwog einen Augenblick lang, auf ihr Zimmer zu rennen und sich dort einzuschließen, aber sie wagte nicht, ihn allein zu lassen.

»Ich flehe dich an, Maurice! Der Arzt hat gesagt...«

»Der, der mit dir im Büro...«

Zum erstenmal in seinem Leben sprach er mit wahrhaft sadistischem Vergnügen und mit voller Lautstärke ein unflätiges Wort aus.

»Begreifst du denn überhaupt nichts? Merkst du nicht, daß alles zum Himmel stinkt, daß wir alle verderbt sind, ein schmutziges, übelriechendes Pack?«

Er stolperte, sie faßte ihn am Arm.

»Ja, ja, halt mich nur fest! Noch dazu bin ich betrunken.

Ich versuche es wenigstens nicht zu kaschieren. Ich bin betrunken, hörst du? Und weil ich betrunken bin, sage ich endlich, was ich denke. Du hast doch Monsieur Mallard gesehen? Monsieur Félicien Mallard! Und auch Madame Mallard. Und da ist noch ihre Tochter, Mademoiselle Françoise Mallard. Seltene Früchte haben sie mir gebracht. Deine verluderte Freundin hat sie aufgegessen. Dir haben sie eine Pastete geschenkt. Eine Mallard-Pastete. Und jetzt will ich dir etwas sagen: Ich, den sie zu sich nach Hause zum Abendessen einluden, habe ihnen jeden Freitag einen oder zwei Tausendfrancscheine geklaut.«

Das Hotel war nur noch hundert Meter entfernt, aber jetzt scheute sie doch davor zurück, mit ihm hineinzugehen, denn bestimmt würde er im Vestibül, auf der Treppe und im Zimmr mit dieser lauten Stimme, die sie gar nicht an ihm kannte, weitere Tiraden loslassen!

»Dabei hatte ich das Geld gar nicht nötig, genausowenig, wie du es nötig hattest, mit allen Burschen deines Viertels Sauereien zu treiben. Und die Frau da hat es auch nicht nötig, sich von einem ihr völlig unbekannten Mann besudeln zu lassen. Dann sag mir bloß, wozu das alles?«

Einen Moment lang hoffte sie, daß er in Tränen ausbrechen und die Krise damit beendet sein würde. Doch nachdem er eine Weile schweigend vor sich hin gestarrt hatte, hub er von neuem an und geriet dabei ins Schwanken:

»Weil wir allesamt Schweinehunde sind! Weil wir uns mit Genuß im Sündenpfuhl wälzen! Du verstehst dieses Wort nicht, weil du nicht getauft bist, aber es läuft auf dasselbe hinaus, mit dem einen Unterschied, daß ich noch ekliger bin als du.«

»Maurice, ich flehe dich an! Rede doch leiser, oder ich lauf dir weg.«

Plötzlich packte er sie an den Haaren. Vor Schreck hätte sie beinahe aufgeschrien.

»Was sagst du da? Was sagst du da? Sag das nochmal...«

»Ich habe nichts gesagt. Ich...«

Er schüttelte sie, außer sich vor Wut.

»Niemals wirst du mir weglaufen. Niemals! Niemals! Ich will nicht! Ich will nicht! Ich will...«

Mit einem Male war sein unmäßiger Zorn verraucht. Er ließ sie los, senkte den Kopf. Sie hörte seine rasselnden Atemzüge dicht neben sich. Sie spürte seinen heißen Atem, ja sogar das Zittern, das ihn überfallen hatte.

»Laß mich nicht allein, Anne-Marie!« stöhnte er fast tonlos. »Ich flehe dich an, laß mich nicht allein. Ich tu dir nichts. Das schwöre ich bei allem, was mir heilig ist. Aber du darfst mich nicht verlassen. Du hast ja gar keine Ahnung. Du kannst dir ja keine Vorstellung davon machen. Ich bin ein armer Teufel, der unglücklichste Mensch auf der Welt. Mein ganzes Leben lang bin ich unglücklich gewesen. Die Leute wandten sich von mir ab, weil sie den Schmutz an mir spürten. Sie wußten nicht, daß auch sie schmutzig waren. Ich aber habe angefangen, sie genauer anzusehen, und da habe ich all ihren Schmutz entdeckt. Ich kann nichts dafür. Das liegt in meiner Natur.«

Mit Verwunderung stellte er fest, daß sie sich wieder in der Mitte der Hängebrücke befanden. Ängstlich blickte er auf die Loire, deren glatte Oberfläche unter ihnen wegglitt, als würde sich ein Teil der Welt aus ihrem Leben entfernen.

»Hab keine Sorge! Du brauchst mich nicht festzuhalten. Ich fürchte mich zu sehr vor dem Tod, um so etwas zu tun. Ich habe Angst vor dem Tod, Anne-Marie. Ich habe Angst vor dem Alleinsein. Bleib bei mir!«

»Ich bin doch bei dir.«

»Gib mir die Hand. Sag, daß du mir nicht böse bist, daß du dich nicht vor mir ekelst.«

»Du ekelst mich nicht.«

»Ich ekle mich vor mir selber. Schon als kleines Kind war ich mir widerwärtig. Du darfst nie mehr zulassen, daß ich trinke. Ich bin krank. Heute nacht werde ich Fieber bekommen und Kopfschmerzen.«

»Aber nein.«

»Es ist wahr, daß ich Mallard bestohlen habe. Wenn es nur das wäre! Ich weiß gar nicht, wie ich dir das habe gestehen können. Einen Augenblick lang glaubte ich, alles würde aus mir herausbrechen.«

»Wenn dich das erleichtert...«

Er beobachtete sie aus den Augenwinkeln, und sie hätte nicht zu sagen vermocht, ob er noch unter Alkoholeinfluß stand oder nicht.

»Hast du jetzt Mitleid mit mir?«

Was sollte sie darauf nur erwidern? Auch ihre Kräfte waren erschöpft.

»Gib's doch zu, daß du Mitleid hast!«

»Du kannst nichts dafür...«

»Da haben wir's! Ich wußte es doch! Mitleid hast du mit mir! Also urteilst du auch über mich! Und du merkst nicht einmal, daß auch du ein armes Schwein bist!«

»Du hast mich vorhin schon eine Hure genannt.«

»Stimmt das etwa nicht?«

»Wenn du willst. Jetzt komm schlafen!«

Sie redete auf ihn ein, als wäre er ein überreiztes Kind, packte ihn am Arm, dirigierte ihn in die entgegengesetzte Richtung. Im Hotel waren nur noch wenige Fenster erleuchtet. Sie erblickten eine Frau, die sich vor dem Spiegel frisierte.

»Sei nicht so grob«, stöhnte er.

Sie wußte, daß sie ihn jetzt nicht loslassen durfte.

»Komm jetzt! Heb deine Füße hoch!«

Ihre Schritte dröhnten dumpf auf den Holzplanken der Brücke. Dudon begann zu stolpern, sackte förmlich in sich zusammen. Als sie an die steinernen Pfeiler am Ende der Brücke gelangten, beugte er sich nach vorn und erbrach sich. Sie hielt ihn fest, damit er nicht vornüber fiel. Als er endlich Atem schöpfte, stammelte er mit tränenden Augen:

»Pardon...«

Sie mußte ihn die Hoteltreppe hinaufschieben, denn sonst wäre er rücklings hinuntergestürzt. Im Zimmer ließ er sich quer aufs Bett fallen. Sie aber setzte sich, beinahe ebenso elend wie er, mit leerem Blick ans Fenster und schnürte ihre Schuhe auf.

4

Er stellte sich schlafend, was ihm nicht schwerfiel. Er fühlte sich wie gerädert und schlaff. Sie ahnte wohl, wie es um ihn stand, denn mehrmals trat sie ganz dicht an ihn heran, um ihn prüfend zu betrachten. Er fürchtete, sich durch ein nervöses Zucken seiner Augenlider zu verraten.

Schon beim ersten Morgengrauen war sie aus dem Bett geschlüpft. Sie hatte sich am Waschbecken ein Glas Wasser geholt, dann einer Blechdose Tabletten, vermutlich Aspirin, entnommen. Als sie sich wieder hinlegte, preßte sie ihre eiskalten Füße gegen seine Beine.

Er war noch einmal eingeschlafen. Viel später hörte er, wie sie sich vorsichtig erhob, den Wandschrank öffnete, um ihren Morgenmantel herauszunehmen. Er gewahrte einen Arm über seinem Kopf und eine Hand, die den Klingelknopf betätigte. Sie mußte wohl die Tür im Auge behalten haben, denn sobald Schritte im Korridor ertönten, öffnete sie die Tür, sagte etwas im Flüsterton. Jemand trat ins Zimmer. Er blinzelte und erblickte eine neue Hotelangestellte.

Behutsam, damit das Geschirr nicht klapperte, stellte sie das Tablett auf dem Tisch ab. Das Mädchen kam bestimmt vom Land.

Anne-Marie brachte sie zur Tür und setzte sich wieder ans offene Fenster.

Er mußte immer gewärtigen, daß sie sich während des Essens unvermittelt umwandte, so daß er nicht wagte, sie ständig zu beobachten. Sicher hatte sie ihn im Verdacht zu mogeln. Ihre Haut war fahl, ihre Gesichtszüge wirkten erschlafft, und sie sah viel mitgenommener aus als an dem Morgen, an dem sie nach einer durchfeierten Nacht in die Klinik zurückgekehrt war.

Er konnte nicht verhindern, daß seine Atemzüge so laut rasselten. Manchmal gingen sie sogar in Schnarchen über. Er mußte einen widerlichen Anblick bieten. Er hatte einen üblen Geschmack im Mund, sein Haar klebte an seiner Stirn, seine Haut glänzte fettig, sein Körper unter dem Laken war feucht und verströmte einen noch strengeren Geruch als gewöhnlich.

Sie nahm sich viel Zeit zum Essen und sah dabei aus dem Fenster. Er fragte sich, ob die Dame mit dem Bübchen schon im Sand lag. Die Geräusche des Hotels waren noch nicht in sein Bewußtsein gedrungen. Da gab es Leerstellen, lange Augenblicke, während derer er tatsächlich in tiefen Schlaf versunken war.

Um ihn nicht zu wecken, begab sich Anne-Marie in das Badezimmer am Ende des Flurs. In diesem Moment packte ihn die nackte Angst. Er stürzte zum Wandschrank, riß die Tür auf. Er mußte sich vergewissern, ob ihre Kleider noch da waren. Ihm drehte sich der Kopf. Er hatte furchtbaren Durst. Er trank zwei Gläser Wasser und stellte das Glas genau wieder dorthin, wo er es vorgefunden hatte, ja er wischte sich sogar den Mund ab, damit sie nichts bemerkte. Als sein Blick auf den Spiegel fiel, wandte er schnell die Augen ab.

Wie ein wildes Tier vergrub er sich tief im Bett, als ob

es nur dort Sicherheit für ihn gäbe. Sobald sich die Tür öffnete, begann er zu schnarchen. Wieder litt er Qualen, als sie dem Wandschrank ein Kleid entnahm. Aus der Wahl des Kleides würde er ersehen können, ob sie sich mit der Absicht trug, ihn zu verlassen. Er aber lag jetzt auf der falschen Seite. Versehentlich setzte sie sich auf die Bettkante, um ihre Strümpfe anzuziehen, stand aber sogleich erschrocken auf, denn sie fürchtete, ihn geweckt zu haben.

Schließlich wechselte sie den Platz. Sie stand jetzt zwischen dem Bett und dem Fenster. Lange wagte er nicht, die Augen zu öffnen. Wer weiß, vielleicht würden sich dann ihre Blicke kreuzen. Als er nach geraumer Zeit doch einen Versuch machte, kehrte sie ihm den Rücken zu und schaute, auf die Fensterbank gestützt, nach draußen. Sie trug ein billiges weißes Baumwollfähnchen, das sie eigens für den Urlaub auf dem Land gekauft hatte.

Sie rauchte. Die leichte Brise wehte den Tabakgeruch ans Bett. Dudon wußte nicht, wie spät es war. Er konnte es auch nicht herausfinden, denn Anne-Maries Wecker, dessen Ticken er hörte, stand auf dem Nachttisch hinter ihm.

Der Tag mußte schon vorgerückt sein, da sie nicht wie sonst hatte warten müssen, bis das Badezimmer frei wurde. Die meisten Hotelgäste befanden sich also im Freien. Doch der Elfuhrbus war noch nicht vor dem Hotel vorgefahren.

Obwohl er nur Anne-Maries Nacken und Rücken sah und keinen Blick auf ihr Profil erhaschen konnte, spürte er, daß sie beunruhigt war. Sie rauchte auch nicht wie sonst. Sie entzündete eine Zigarette an der anderen und warf die Stummel auf die Markise, ohne sie vorher auszudrücken.

Er hatte das Gefühl, daß er elend aussah. Ein aschfahler Teint, genau das brauchte er jetzt! Er hörte den Bus, der mit kreischenden Bremsen vor dem Hotel anhielt, aber Anne-Marie rührte sich nicht von der Stelle. Es bestand also keine unmittelbare Gefahr, daß sie ihn verließ. Vor Erleichterung vergaß er einen Moment lang, regelmäßig zu atmen. Jemand rannte die Treppe hinauf, stürmte durch den Korridor. Ihm schwante, daß etwas Unangenehmes im Anzug war. Anne-Marie schien es auch zu spüren, denn sie wandte sich um, noch ehe die Schritte vor ihrer Tür innehielten.

Diese wurde plötzlich aufgerissen, und jetzt konnte er nicht mehr vorgeben zu schlafen. Reglos blickte er Marcelle, dem Zimmermädchen entgegen, die mit einem abenteuerlichen Mantel angetan, einen grünen Hut auf dem Kopf, in der Tür stand. Sie bebte vor Zorn und keuchte nach ihrem schnellen Lauf.

»Ich wußte es doch, daß er sich versteckt«, schrie sie. Ihre Stimme klang noch heiserer und ordinärer, als er sie in Erinnerung hatte.

Sie deutete mit dem Finger auf ihn, als stünde eine ganze Menschenmenge hinter ihr.

»Schaut ihn euch an, diesen Kerl, der sich vor einer armen Frau fürchtet und den Kranken spielt! Aber ich sage ihm trotzdem meine Meinung ins Gesicht, nämlich daß er sich wie der letzte Schweinehund benommen hat! Und sich noch dazu über ein Kind hermachen! Saukerl! Memme!...«

Sie ging einige Schritte auf das Bett zu, und da er sich nicht rührte, sie nur anstarrte, spuckte sie ihm ins Gesicht. Dann rannte sie wieder hinaus, da der Busfahrer schon ungeduldig hupte.

Sie hatte die Türe offengelassen. Anne-Marie schloß sie, vermied es aber, sich dem Bett zuzuwenden.

Wieder stellte sie sich ans Fenster, blickte auf den Bus hinunter, in dem schon der Junge mit den Koffern saß. Nun hob man die Frau hinauf, die den Kopf noch einmal zum Hotel drehte, um eine letzte Beschimpfung auszustoßen.

Der Motorenlärm wurde schwächer, erstarb in der Ferne, und es waren nur noch die vertrauten Geräusche zu vernehmen.

Erst jetzt wandte Anne-Marie sich um. Sie lächelte nicht, aber ihre Gesichtszüge wirkten gelöst, wie auch ihre Stimme, der freilich ein wenig von ihrer Munterkeit abhanden gekommen war.

»Möchtest du Kaffee?«

Er protestierte nicht, als sie den Klingelknopf über dem Kopfende des Bettes betätigte. Sie berührte ihn nicht, obwohl sie ganz nahe bei ihm stand. Dann schritt sie zur Tür, um mit dem Zimmermädchen zu sprechen, dem sie das Tablett reichte.

»Bringen Sie nur Kaffee und Zucker.«

Zu ihm sagte sie:

»Zum Frühstücken ist es jetzt zu spät. Wir werden gleich zu Mittag essen.«

Marcelles Geifer hatte bis auf einige Tröpfchen nicht ihn getroffen, sondern das Kopfkissen gleich neben seiner Wange. Er wischte ihn heimlich mit einem Lakenzipfel weg, während Anne-Marie ihm den Rücken zukehrte.

»Fühlst du dich nicht wohl?«

Er schüttelte schweigend den Kopf.

»Hast du Schmerzen?«

Er mußte sich eingestehen, daß das nicht der Fall war. Er hatte einen schweren Kopf, aber das war nicht dasselbe. Doch zugeben wollte er das nicht. Lieber schluckte er die Tablette, die sie ihm mit einem Glas Wasser reichte. Als sie ihm dabei half, sich aufzurichten, genau wie in der Klinik, hob er den Kopf und blickte sie dankbar an.

Er war nahe daran, sie um Verzeihung zu bitten.

Doch dann entschied er, es sei besser, die Sache auf sich beruhen zu lassen. Sie sagte ja auch nichts, fragte ihn nicht nach dem Zimmermädchen aus. Oder wußte sie über alles Bescheid? Schon möglich. Es war hier ein wenig wie in der Klinik, wo sie das Zimmer praktisch nie verlassen und doch immer gewußt hatte, was ringsum geschah. Heute morgen war sie ja im Badezimmer gewesen. Vielleicht hatte sie im Flur mit jemandem gesprochen.

Wußte denn das ganze Hotel, daß er das Kind zur Rede gestellt hatte? Er schämte sich deshalb nicht. Er war eher befriedigt über den Verlauf der Ereignisse, denn der bewies ihm, daß seine Worte genau die erwarteten Folgen gezeitigt hatten.

»Du mußt es sagen!«

»Wem?«

»Dem Hotelbesitzer. Wenn du es für dich behältst, hast du keinen Anstand.«

»Warum sagt meine Mutter es dann nicht?«

»Weil sie keinen Anstand hat.«

Vielleicht würde Anne-Marie ihm später einmal erzählen, wie sich die Sache zugetragen hatte. Der Junge mußte noch am selben Abend seine Mutter beschuldigt haben, da bereits am nächsten Morgen ein anderes Zimmermädchen an ihre Stelle getreten war. Jemand klopfte an die Tür. Die Neue klopfte wenigstens an. Sie warf einen indiskreten Blick auf ihn und verließ das Zimmer ein wenig linkisch, wie jemand, der den Hoteldienst nicht gewohnt ist.

»Glaubst du, daß du aufstehen kannst?«

»Ich weiß nicht.«

»Wie fühlst du dich? Kannst du es genau sagen?«

Er schüttelte den Kopf, als wäre das alles zu kompliziert, als würde das Sprechen ihn ermüden, was gewissermaßen auch zutraf.

»Ich gehe dir gleich dein Mittagessen holen.«

»Ich habe keinen Hunger.«

»Du mußt aber etwas essen.«

Es hatte beinahe den Anschein, als würden beide die unverfänglichsten Sätze auswählen, die sie dann lustlos, wie leere Formeln, von sich gaben, nur damit das Leben wenigstens an der Oberfläche weiterging.

Ostentativ rührte er das Essen, das sie ihm brachte, nicht an, zog oft die Brauen zusammen, wie zu der Zeit, als er noch Kopfschmerzen hatte, denn sie sollte sich beunruhigen. So ganz traute sie ihm freilich noch nicht über den Weg. Er mußte sehr vorsichtig sein, durfte auf keinen Fall zu dick auftragen, deshalb verzog er den Mund zu einem kümmerlichen Lächeln und fragte:

»Bist du nicht müde?«

»Nur ein klein wenig.«

»Hältst du kein Mittagsschläfchen?«

»Vielleicht schon.«

Sie legte sich nicht zu ihm, sondern döste in einem Sessel, wie sie es in Passy gemacht hatte, als sie noch seine Pflegerin war. Die gefährlichste Phase schien nun vorüber. Sie half ihm beim Anziehen, und als sie die Treppe hinunterkamen, ging gerade die glutrote Sonne unter. Die Mutter und das Bübchen lagen noch auf dem Sandstrand. Die beiden Farbtupfen ihrer Badeanzüge – Rot und Grün – wirkten im Licht der Abendsonne, als seien sie für alle Ewigkeit dort hingemalt worden.

Er vermied es, die Leute anzusehen.

»Ein kleiner Weg wird uns guttun.«

Als sie zu Tisch gingen,war ihnen von dem Geschehenen nichts mehr anzumerken, obwohl sie sich beide noch schonungsbedürftig fühlten. Das Mineralwasser bestellte Anne-Marie. Die Tage hatten inzwischen schon abgenommen. Die Abende wurden kühler, und in der Dämmerung schwebten langgezogene inselhafte Dunstschleier über der Loire.

Er fragte sie nicht, ob sie bei ihm bleiben würde. Er stellte ihr überhaupt keine Fragen. Als sie schlafen gingen, hatten sie kaum miteinander gesprochen. Erst nach einer ganzen Weile, als wäre sie lange mit sich zu Rate gegangen, legte sie einen Arm um ihn, wie sie es jede Nacht zu tun pflegte.

Es blieben ihnen noch fünf Tage in Sancerre. Dudon fing an sich zu grämen, da er von Monsieur Pierre kein Lebenszeichen erhalten hatte. Er sagte sich zwar, daß man eine Ansichtskarte nicht zu beantworten braucht, daß Monsieur Pierre immerhin sein Chef war und keinen Grund hatte, ihm zu schreiben, dennoch fragte er jeden Morgen mit einem Nachdruck, der schon an Argwohn grenzte, an der Rezeption nach, ob nicht Post für ihn eingegangen sei.

Wie bisher machten sie ihren täglichen Spaziergang. Oft fühlte er, wie Anne-Maries Blicke ihn streiften. Sie besaß die besondere Gabe, Töne voneinander zu unterscheiden, während er nun einen sechsten Sinn dafür entwickelte, wann man ihn beobachtete. Er wußte wohl, daß sie sich fragte, was mit ihm nicht stimmte. Da fand er einen ganz einfachen Ausweg. Er brauchte nur die Brauen auf eine bestimmte Art zusammenzuziehen und mit leerem Blick vor sich hin zu starren.

»Hast du Schmerzen?«

»Nur ein klein wenig.«

»Warum sagst du mir nicht die Wahrheit?«

»Es ist nicht so schlimm, es wird gleich vergehen.«

»Wenn wir wieder in Paris sind, suchen wir Doktor Jourdan auf.«

Er wehrte nicht ab. Er würde sich von ihr zum Arzt bringen lassen. Es wußte ohnehin niemand genau, was in seinem Kopf vor sich ging.

Am meisten beunruhigte sich Anne-Marie, wenn ein gewisser Ausdruck in seine Augen trat. In solchen Momenten schien sie sich selber Vorwürfe zu machen und Scham zu empfinden. Manchmal faßte sie mit zarten Fingern nach seiner Hand.

»Du wirst sehen, es kommt alles in Ordnung. Wenn wir wieder in Paris sind ...«

In Paris aber hatte sie gesagt:

»Wenn wir erst auf dem Land sind...«

Der Urlaub ging dem Ende zu. Jetzt waren sie nur noch auf Abruf hier, wie Reisende, die auf dem Bahnsteig herumstehen. Das Leben ringsherum berührte sie kaum mehr. Der Autohändler aus Lyon kam in einem großen Wagen angefahren, um seine Frau und seinen Sohn abzuholen. Sie erschien zum erstenmal in eleganter städtischer Kleidung. Auch andere Hotelgäste reisten ab. Spät am Abend traf eine lärmige Familie von fünf oder sechs Personen ein, die die Spielregeln erst noch lernen mußten.

Einen Tag vor ihrer Abreise, als sie gerade auf der Terrasse saßen, entstieg zu ihrer Verblüffung Mademoiselle Tardivon dem Elfuhrbus und half einer alten Dame die Stufen hinunter. Sie bemerkte ihre Anwesenheit nicht sofort. Wie in Paris trug sie ein dunkles Kostüm und eine bestickte Bluse. Die Wirtin lief den beiden Frauen entgegen und umarmte sie als alte Bekannte.

»Bestimmt kommen sie jedes Jahr hierher«, sagte Anne-Marie. »Wußtest du das denn nicht?«

»Mir war nur bekannt, daß sie immer als letzte Urlaub nahm, aber ich hatte keine Ahnung, wo sie ihn verbrachte.«

Erst bei Tisch sah Mademoiselle Tardivon das Paar, grüßte mit gezwungenem Lächeln herüber. Später begegneten sie einander im Vestibül.

Dudon stellte vor: »Meine Frau. Sie haben sich schon einmal gesehen.«

Die Mutter saß in einem Korbsessel neben einer

Grünpflanze. Unter den Achseln hatte Mademoiselle Tardivon große feuchte Ringe.

»Ich weiß ...«

Sie erweckte den Anschein, von ihnen fortkommen zu wollen. Sie blieb nur aus Höflichkeit bei ihnen stehen. Ständig blickte sie zu der alten Dame hinüber. Um das Schweigen zu unterbrechen, murmelte er:

»Gibt's was Neues in der Rue Turbigo?«

»Nein, nichts.«

Aus ihrer Haltung war nicht zu ersehen, ob Félicien Mallard etwas über ihn hatte verlauten lassen. Im Grunde war Dudon davon überzeugt, daß er nichts gesagt hatte, und im übrigen ließ ihn das jetzt völlig gleichgültig.

Sie nestelte an ihrem beutelförmigen, selbstgehäkelten Handtäschchen, dann sagte sie unvermittelt, wobei sie ihm kurz ins Gesicht blickte:

»Mademoiselle Françoise ist als Novizin in ein Kloster eingetreten.«

Gleich darauf wandte sie sich zum Gehen, als sei hiermit ihre Aufgabe erfüllt:

»Entschuldigen Sie bitte, Mama ist ganz allein ...«

Er hatte nicht das Gefühl, heimzukommen. Seine Wohnung war ihm kaum vertrauter als das Hotelzimmer in Sancerre. Anne-Marie aber schlüpfte sogleich in einen alten Morgenrock und begann zu putzen. Es war Sonntag abend. Er wußte, daß Monsieur Pierre nach Paris zurückgekehrt war. Am liebsten hätte er ihn zu Hause, in der Avenue du Maréchal-Foch angerufen. Doch das getraute er sich dann doch nicht. Er mußte sich bis zum nächsten Morgen gedulden. Als er sich auf dem Weg zur Avenue de l'Opéra befand, wurde er von fürchterlicher Unruhe gequält. Er schaute nur ganz kurz in seinem Büro vorbei und klopfte dann sofort bei Monsieur Pierre an. Die vertraute Stimme rief:

»Herein!«

Endlich hatte er den sicheren Hafen erreicht. Monsieur Pierre konnte freilich nicht ahnen, warum er so bewegt war, daß er nur mit zitternden Lippen ein Lächeln zuwege brachte.

»Nehmen Sie Platz, Monsieur Dudon.«

»Ja. Ich danke Ihnen.«

Monsieur Pierre wirkte fast ebenso blaß wie vor seiner Abreise. Dudon aber war noch nie in seinem Leben braun geworden und hatte sich auch in Sancerre kaum der Sonne ausgesetzt.

»Wie geht es Ihrer Frau?«

»Danke, ausgezeichnet.«

»Haben Sie schon den Arzt aufgesucht?«

»Meine Frau ruft ihn an, sobald er aus dem Urlaub zurück ist.«

Da ihm das Blut in den Kopf gestiegen war, sah er gesünder aus. Das blieb bis zum Abend so, und alle glaubten, daß seine Hautfarbe von seinem Aufenthalt auf dem Land herrührte.

Man hatte nicht versucht, ihn loszuwerden. Alle seine Akten waren noch vorhanden. Im Laufe des Nachmittags vermochte er sogar den Fall Béchère mit Monsieur Pierre zu besprechen.

Monsieur Philippe befand sich mit einer Abordnung des Stadtrats in Italien. Morgens war es dunstig und kühl. Wenn er abends das Büro verließ, brannten schon die Straßenlaternen.

Im Laufe der Woche fiel ihm beim Heimkommen mehrmals auf, daß Anne-Marie getrunken hatte. Zu Hause hatten sie keine alkoholischen Getränke. Zweifellos hatte sie in der Nachbarschaft ein paar Gläschen geleert, denn sie war nicht zum Ausgehen angezogen.

Eine Zeitlang fand sie auf diese Weise ihre muntere Art wieder. Mitunter lachten ihre Augen wie in der Klinik, und in diesen Momenten hatte er das Gefühl, daß sie sich voller Zärtlichkeit über sie beide lustig machte.

Er spürte wohl, daß sie ihn trotz allem weiterhin beobachtete, und er hätte wetten mögen, daß sie Jourdan über ihn ausfragen würde. Nicht am Telefon, sondern sie würde sich in seine Praxis begeben. Ob er es dann wohl wieder bei ihr versuchte?

Das war ihm jetzt gleichgültig. Hauptsache, daß er die Gewißheit hatte, sie nicht zu verlieren. Das aber hing nur von ihm ab.

Jetzt lagen sie oft nebeneinander im Bett und gaben vor zu schlafen, während der eine auf die Atemzüge des anderen lauschte.

Sie fragte ihn nicht mehr nach seiner Arbeit im Büro, als würde sie es nunmehr vorziehen, nichts darüber zu erfahren. Es gab eine ganze Reihe von Themen, die sie tunlichst vermieden, ohne daß sie sich abgesprochen hätten. Das hatte sich einfach so ergeben.

Als Anne-Marie einmal mit Jeannette telefonierte, entnahm er ihren Antworten, daß sie ihre Freundin ohne sein Wissen getroffen hatte. Auch das berührte ihn jetzt nicht mehr.

Eines Morgens ertappte er sich dabei, sein Spiegelbild im Schaufenster an der Straßenecke zu betrachten. Er hatte wirklich den unerbittlichen Gesichtsausdruck eines Mannes, der in seinen Akten alle Schandtaten der Welt zusammengetragen hat.

Eines Abends kam er nach Hause und fand Anne-Marie nicht vor, was ihn erschreckte, denn sie hatte ihm nicht gesagt, daß sie ausgehen würde. Es hielt ihn nicht in der Wohnung. Er rannte die Treppe hinunter, wanderte vor dem Eingang auf und ab. Seine Angst wuchs so sehr, daß er sogar versucht war, in einer kleinen Bar etwas zu trinken. Endlich fuhr ein Taxi vor. Die Tür wurde zugeschlagen. Während sie das Geld heraussuchte, fragte sie ihn:

»Hast du keinen Schlüssel?«

Wozu sollte er lügen? Sie wußte sicher schon Bescheid.

»Doch.«

»Hattest du Angst, mein armer Kleiner?«

Solche Worte waren ihr noch nie über die Lippen gekommen. Sie hatte frischen Puder aufgelegt.

»Gibst du mir keinen Kuß?«

Er küßte sie auf die Wange. Hintereinander stiegen sie die Treppe hinauf. Er blickte auf ihre Beine, die am Rocksaum dicker wurden. Sie drehte den elektrischen Schalter, entzündete ein Streichholz über dem Gasherd.

»Ich hatte gar nicht bemerkt, daß es schon so spät ist.«

Seine Lippen verzogen sich zu jenem geheimnisvollen Lächeln, bei dem sie immer ein unbehagliches Gefühl beschlich. Vielleicht hatte sie ihm ursprünglich eine Lüge auftischen wollen. Doch nun beschloß sie zu schweigen und ging sich umziehen.

Am nächsten Tag – sie saßen gerade beim Mittagessen – erklärte sie ihm:

»Übrigens ist Doktor Jourdan zurück.«

»Hast du ihn gesehen?«

»Ja.«

»Wann?«

»Heute morgen in der Klinik. Er kann dich erst in drei oder vier Wochen untersuchen, denn auf seinem Programm stehen eine ganze Reihe von Operationen. Heute hatte er noch sieben vor sich. Er macht sich um deinen Zustand keine Sorgen. Du hast doch keine Schmerzen gehabt?«

»Nicht der Rede wert.«

Am folgenden Tag war es dann soweit. Schon an den vorhergehenden Abenden hatte er mit dem Gedanken gespielt, und zwar immer um die gleiche Zeit, wenn er sein Büro verließ und sein Blick auf die Girlanden von Laternen längs der Avenue fiel, auf die dunklen Gestalten, die an ihm vorbeihasteten und deren Wege einander kreuzten, als würden sie von einem wilden Strudel ergriffen.

An jenem Abend winkte er kein Taxi herbei, lenkte seine Schritte auch nicht zur Bushaltestelle. Er überquerte den Place de l'Opéra, wandte sich nach rechts, eilte zielstrebig dahin, trat vom Licht in den Schatten, vom Schatten ins Licht, stets den Blicken der Passanten ausweichend. Ohne die Kirche Notre-Dame-de-Lorette zu beachten, bog er wiederum rechts ein und erklomm endlich die Rue des Martyrs.

Der Zeitungskiosk war erleuchtet. Er kam an der Loge der Concierge vorüber, deren Vorhänge zugezogen waren. Wie ehedem legte er die Hand auf die Brust, als sei er herzkrank. Alles war ihm vertraut: das trübe Licht, das entfernte Bimmeln, das aus der Wohnung mit den schweren Wandbehängen zu ihm drang.

Dann das bestrickende Lächeln, der Flüsterton:

»Sind Sie es, Freund?«

Sie legte einen Finger an die Lippen und ließ ihn hinter einem schwarzen Samtvorhang im dunklen Flur warten.

Seine lange Abwesenheit wurde mit keinem Wort erwähnt. Sie schien überhaupt nicht bemerkt zu haben, daß er viele Wochen nicht gekommen war. Sie ahnte nicht, daß er der Mann war, der vor ein paar Monaten inmitten eines Waldes von Beinen auf der Fahrbahn der Rue Choron gelegen hatte.

»Sie kommen doch zu Nicole, nicht wahr?«

Sie irrte sich. Ihr war eine Verwechslung unterlaufen. Das spielte keine Rolle.

»Einen winzigen Augenblick, Freund.«

»Hochwürden, ich bekenne mich schuldig...«

Da war sie wieder, seine dumpfe Stimme, die er nur im Beichtstuhl anzunehmen pflegte und die das enge, wie eine Geige lackierte Gehäuse zum Erklingen brachte. Abbé Lecas hielt den Kopf geneigt, den Zeigefinger an der Schläfe.

Er bekannte seine Sünden, sagte genau dieselben Wörter her wie ehedem, doch plötzlich begann er zu zittern, und seiner Kehle entfuhr ein Schluchzer. Dann schrie er mit einer Stimme, die die Stille in der Kirche förmlich zu zerreißen schien:

»Hochwürden, ich bin der schlimmste Sünder auf Erden. Hochwürden, ich glaube nicht an Gott. Haben Sie gehört? Ich glaube nicht! Ich...«

»Pst, mein Sohn.«

»Aber Hochwürden...«

»Beruhigen Sie sich, und vergessen Sie nie, daß Gottes Barmherzigkeit unendlich ist.«

Durch das Holzgitter, das ihre beiden Gesichter voneinander trennte, sah Dudon den Priester mit irren Augen an. Abbé Lecas erwiderte seinen Blick, hüstelte und stammelte:

»Sammeln Sie sich und beten Sie!«

Folgsam, wenn auch widerwillig, sagte er, wie man es ihn als Kind gelehrt hatte:

»Ja, Hochwürden.«

»Wenn Sie sich verlassen fühlen...«

Wozu das Ganze? Er hörte nicht mehr zu. Er wartete nur darauf, daß er die drei Rosenkränze zur Buße aufbekäme.

Er erzählte Anne-Marie nichts davon. Es fiel ihr nicht auf, daß er ausgerechnet an einem Freitag später nach Hause kam. Sie bemerkte auch nicht, daß seine Augen einen lebhafteren Glanz hatten als in den letzten Wochen.

»Müde?«

»Nein.«

»Viel Arbeit?«

»Ja.«

Sie sah nur, daß sich sein Blick wieder nach innen richtete.

»Wir können essen.«

»Ja.«

Nie würde sie es wagen, ihn zu verlassen.

Lakeville, Connecticut, 21. März 1951